로크미디어가
유혹하는
재미있는 세상

ROK
MEDIA
로크미디어

개혁군주

개혁 군주 13

2022년 12월 16일 초판 1쇄 인쇄
2022년 12월 21일 초판 1쇄 발행

지은이 이윤규
발행인 김정수 강준규

기획 이기헌 왕소현 박경무 강민구 조익현
책임편집 최전경
마케팅지원 이원선

발행처 (주)로크미디어
출판등록 2003년 3월 24일
주소 서울시 마포구 마포대로 45 일진빌딩 6층
Tel (02)3273-5135 Fax (02)3273-5134
홈페이지 rokmedia.com E-mail rokmedia@empas.com

ⓒ 이윤규, 2022

값 9,000원

ISBN 979-11-408-0222-7 (13권)
ISBN 979-11-354-7367-8 04810 (세트)

개혁군주

이윤규 대체역사 소설 ⟨13⟩

| 위대한 협상 |

차례

황하의 붉은 빛

　황제는 연경원림별궁의 북해(北海)에 있는 정심재(静心齊)에 머물렀다.

　정심제는 본래 별궁에 소속된 일반 관사에 불과했다. 그것을 건륭제가 전면 개조한 후 사용하면서 별궁이 되었다. 그래서 다른 전각보다는 소박했으나 부속 건물이 10여 개나 될 정도로 권역이 넓었다.

　김 내관이 정심재로 들어와 몸을 숙였다. 오랫동안 지근에서 보좌해 온 그는 황제의 등극과 함께 상선이 되었다.

　"폐하! 대륙군사령부 총참모장이 급히 보고드릴 사안이 있다고 찾아왔사옵니다."

　황제는 순간 싸한 기분이 들었다.

"어서 들라 하라."

대륙군 총참모장이 서둘러 들어왔다.

"충! 폐하! 11사단으로부터 급보가 당도했사옵니다."

11사단이라는 보고에 황제가 바짝 긴장했다. 11사단은 황하 일대를 방어하는 부대다.

"무슨 문제가 있는 거요?"

"누군가 황하전승기념비를 훼손했다고 하옵니다."

황제가 깜짝 놀랐다.

"뭐라고? 지금 전승기념비가 훼손되었다고 했소?"

"그렇습니다."

총참모장이 가져온 보고서를 바쳤다. 그것을 받아 읽어 본 황제의 용안이 와락 구겨졌다.

황하전승기념비는 본토에서 가져온 오석(烏石)으로 만들어졌다. 그 비석이 경면주사로 멸조흥한(滅朝興漢)이란 넉 자로 뒤덮였다고 한다.

전승기념비는 상징적 의미가 특별하다.

그래서 11사단에서도 각별한 관리를 해 오고 있었다. 그런 비석이 경면주사로 쓴 저주의 글로 뒤덮였다는 사실은 충격이었다.

황제는 보고서를 움켜쥐고 말을 못 했다.

대륙군 총참모장이 식은땀을 흘리며 몸을 숙였다.

"송구합니다. 보다 철저하게 관리를 했어야 했는데 저희

불찰이 너무 큽니다."

황제가 손을 저었다.

"이미 벌어진 일, 이제 와서 후회해 봐야 무엇 하겠소. 그보다 사후 처리는 어떻게 했소?"

"발견 즉시 기름을 이용해 제거했습니다. 그런데 문제는 소문이 일파만파로 번지고 있다는 점입니다."

황제가 침음했다.

"으음! 누군가 의도적으로 소문을 퍼트리는 것이 분명하구나."

"저희 참모들도 그런 분석을 했습니다."

황제가 잠시 고심했다.

"아무래도 조짐이 좋지 않네요. 짐의 연경 도착과 때를 같이해 이런 일이 발생한 걸 보면 오래전부터 계획을 세웠던 거 같소."

총참모장도 동의했다.

"저희도 불온 세력이 모략을 꾸미고 있는 것으로 짐작하옵니다."

황제가 지시했다.

"즉시 대륙군의 주요 지휘관을 소집하시오. 아울러 정보 사령부도 함께 참석하도록 조치하시오."

"예, 폐하."

황제가 상선을 불렀다.

"상선은 회의에 수상과 내각 대신들도 참여하라 전하라.

비원장도 마찬가지다."

황제는 대업이 완수된 후 되도록 비원 조직을 활용하지 않아 왔다. 그런 황제가 비원을 공개회의에 참여시킨 건 그만큼 사안이 중대하다는 의미다.

상선의 몸이 더 굽어졌다.

"예, 폐하."

상선과 총참모장이 급히 나갔다.

그들이 나간 뒤에도 황제는 자리에 앉지 못하고 서성였다.

"아무래도 조짐이 좋지 않구나. 전승기념비를 훼손했다는 건 우리의 통치를 정면으로 반대하겠다는 의미야."

황제가 한숨을 내쉬었다.

"후! 안타깝구나. 한족이 우리 통치를 쉽게 받아들일 거라고는 생각지 않았다. 그래서 다양한 방법으로 한족들의 민심을 다독이면서 경계해 오고 있었다. 그런데 어떻게 민심을 관리해 왔기에 이런 일이 발생하도록 모를 수 있단 말인가."

황제가 북해를 바라보며 한동안 자리에 앉지도 못하고 서성거렸다. 그러다 용상에 앉았으나 이런저런 생각에 머릿속이 복잡했다.

※

얼마 후.

"폐하! 중신들과 군 지휘부가 중해(中海)의 자광각(紫光閣)에 모였사옵니다."

"가자!"

북해의 정심재와 중해의 자광각은 꽤 떨어져 있었다. 그 거리를 걸으면서도 황제의 머릿속은 이런저런 생각에 정리가 되지 않았다.

"황제 폐하께서 입장하십니다."

모든 참석자가 일제히 일어났다.

황제가 전각으로 들어가 용상 앞에 섰다.

"모두 좌정하시오."

20여 명이 자리에 앉았다. 이미 상황을 보고받고 들어온 그들의 표정은 하나같이 어둡고 긴장되어 있었다.

황제가 먼저 말문을 열었다.

"고토가 수복되고 5년입니다. 짐은 그 정도의 기간이면 충분히 대륙 민심이 안정되었을 것으로 생각했습니다. 그런데 이렇게 참담한 사건이 발생하다니요. 갑자기 뒤통수를 맞은 기분입니다."

대륙군사령관이 자리에서 일어났다. 그는 침통한 표정으로 황제에게 목례를 했다.

"폐하, 모든 일은 소장의 불찰이옵니다. 황하전승기념비는 우리 대한의 성소(聖所)나 다름없는 장소입니다. 그런 곳이 불순분자들에 노출되었다는 사실은 우리 대륙군의 기강이 그만큼 흐트러졌다는 의미입니다. 당연히 그에 대한 책임 추궁과 처벌이 있어야 한다고 생각합니다."

회의장이 술렁였다.

대륙군사령관이 잠시 말을 끊었다가 결심한 표정으로 말을 이었다.

"소장은 대륙의 군정을 책임지는 막중한 임무를 지니고 있습니다. 그런 소장은 대륙에서 발생하는 모든 일에 자유로울 수 없습니다. 그래서 이번 일에 책임을 지고 사퇴하겠습니다."

회의장이 더 크게 술렁였다.

수상 정약용이 만류했다.

"사령관께서 책임을 지겠다는 자세는 높이 삽니다. 그러나 군정을 책임지고 있는 사령관이 당장 사퇴를 하는 건 아니라고 생각합니다. 지금 시점에서 가장 중요한 건 사태 해결입니다."

백동수도 동조했다.

"수상 각하의 말씀이 맞습니다. 이번 사건이 충격적이고 절대 일어나선 안 되는 일인 것은 분명합니다. 그러니 경계를 잘못한 책임도 분명히 물어야 하고요. 그러나 류 사령관은 지난 5년간 대륙군사령관의 직무를 누구보다 성실히 수행해 왔습니다. 그런 지휘관을 불명예 퇴진시킨다면 군의 사기에도 좋지 않은 영향을 끼치게 됩니다. 통촉하여 주시옵소서, 폐하."

황제가 나섰다.

"류 사령관."

"예, 폐하."

"대륙의 한족이 우리의 통치에 정면으로 반기를 들었소. 그런 저들이 우리의 명예에 씻을 수 없는 오명을 남긴 것도 사실이오. 짐은 당연히 그에 대한 신상필벌은 분명히 할 것이오."

황제가 단호하게 생각을 밝혔다.

곳곳에서 아쉬움의 탄성이 터졌으며 류성훈의 안색도 어두워졌다.

황제의 말이 이어졌다.

"그러나 짐은 북벌의 영웅인 류 사령관을 이번 일로 잃고 싶지 않소이다. 그러니 류 사령관은 책임지고 이번 일을 해결하시오. 논죄는 그 후에 해도 늦지 않을 거요. 해당 지역 위수사령관인 3군단장과 11사단장, 그리고 예하 부대장들도 마찬가지로 처리하시오. 수상의 말씀대로 지금은 책임 추궁보다 사태 해결이 먼저입니다."

황제가 면죄부를 만들 기회를 주었다. 그 덕분에 전각의 분위기가 대번에 바뀌었다.

낙심천만했던 류성훈도 감격했다.

그가 진심을 담아 다짐했다.

"하해와 같은 황은에 감읍하옵니다. 반드시 이번 일에 연루된 자들을 발본색원해서 철저하게 응징하겠습니다."

황제도 표정을 굳혔다.

"그렇게 하시오. 나는 류 사령관과 대륙군의 능력을 누구보다 믿고 있소이다."

"황감하옵니다."

백동수도 고마워했다.

"폐하의 황은에 모든 지휘관이 감복할 것입니다. 아울러 우리 국방성의 모든 지도부는 모든 노력을 기울여 이번 사안을 발본색원할 것을 약속드리겠사옵니다."

"반드시 그렇게 해 주시오. 이번 일은 절대 쉽게 생각해서는 아니 됩니다. 반드시 일벌백계해서 두 번 다시 이런 일이 발생하지 않도록 해야 할 것이오. 그래서 짐은 이번 사안을 내전과 같이 처리할 것이오. 류 사령관."

내전이라는 말에 전각의 분위기가 바짝 얼어붙었다. 대답하는 류성훈의 목소리도 높아졌다.

"하명하십시오, 폐하."

"이 시간부로 대륙 지역에 2급 비상령을 발효할 것이오. 류 사령관은 지금 즉시 예하 부대로 전령을 보내 즉각 대응 태세를 구축하게 하시오."

"명심하여 거행하겠사옵니다."

황제가 이어서 한쪽에 있는 두 사람을 차례로 바라봤다.

이들은 국군정보사령부 지대장과 비원의 대륙처장으로,

황제의 시선에 얼굴을 붉혔다.

비원 처장이 먼저 고개를 숙였다.

"황공하옵니다. 저희 비원이 잠시 긴장이 풀렸던 거 같습니다."

"한족의 불순한 움직임을 비원이 전혀 감지하지 못했다는 건가?"

"……송구합니다."

"비원은 그동안 민심이 상당히 안정되었다는 보고를 해 왔었다. 그럼에도 이런 일이 발생했다는 건 그만큼 비원이 책임을 다하지 못했다는 의미인데, 맞나?"

황제는 격하게 꾸짖지 않았다.

그러나 비원 처장은 식은땀까지 흘리며 고개를 들지 못했다. 황제는 당당하지 못한 비원 처장의 태도가 마음에 들지 않았다.

"비원 처장."

"예, 폐하!"

"비원 요원은 누구보다 냉철하고 뛰어난 판세 분석 능력을 갖춰야 하며, 맡은 책임은 철저하게 완수해야 한다. 그래서 짐은 처음 비원이 발족했을 때부터 지근에서 관리 감독을 했었다. 그러다 대한이 들어서고부터 알아서 잘할 것으로 믿고 맡겨 두었는데, 솔직히 실망이다."

비원 처장이 무릎을 꿇었다.

비원은 지금까지 황제의 최측근 부서로 자부심이 대단했었다. 그런 비원이 처음으로 황제에게 질책을 받은 것이다.

"송구합니다, 폐하. 모든 잘못은 관리 감독을 제대로 하지 못한 소인에게 있사옵니다. 어떠한 처벌도 달게 받겠사오니, 부디 우리 요원들의 충정만큼은 의심하지 말아 주시옵소서."

황제가 한숨을 내쉬었다.

"그만 일어나 자리에 앉으라. 지금은 사태 수습이 먼저라고 했다. 한족 불순분자들이 노리는 목표는 지금과 같은 우리 내부의 혼란과 분열이다."

정약용이 탄성을 터트렸다.

"아! 그렇사옵니다. 저들이 성소를 모욕한 행위는 우리의 내부 분열을 획책하려는 모략이옵니다."

황제가 말을 이었다.

"그래요. 저들도 보고 듣는 귀가 있을 겁니다. 아마도 짐이 신상필벌을 분명히 한다는 것을 알고는 이런 짓을 자행했을 겁니다. 지휘부가 교체되면 한동안 어수선해진다는 사실을 알고 이런 일을 벌였을 겁니다."

모든 참석자가 고개를 끄덕였다.

황제가 눈을 빛냈다.

"그러나 저들이 간과한 게 있어요. 짐은 한 번 내 사람이 되면 부정부패를 저지르지 않는 한 쉽게 내치지 않는다는 사실을요. 더구나 여기 있는 대륙군의 지휘부는 지난 대업에서 큰 공을 세운 영웅들입니다. 그런 영웅들을 내 어찌 불명예 퇴진시킬 수가 있겠습니까?"

"아! 폐하!"

"폐하!"

모든 지휘부가 격하게 감동했다. 그런 지휘부 중 일부는 눈물을 보이는 사람도 있었다.

황제가 모두를 둘러보며 강조했다.

"나는 우리 대한의 영웅들이 이런 일에 연루되어 불명예 퇴진하는 것을 결코 바라지 않아요. 그러니 여러분께서는 스스로 명예를 회복하기 위해서라도 깨끗이 잘 마무리하세요."

대륙군사령관이 바로 일어섰다.

"소장들을 믿어 주셔서 감사합니다. 두 번 다시 폐하께서 실망하는 일이 없도록 깨끗이 정리하겠습니다. 아울러 반드시 한족 불순분자들도 철저하게 발본색원하겠습니다."

"짐은 여러분들을 믿습니다. 내각도 대륙군의 활동에 전폭적인 지원을 해 주기 바랍니다."

정약용도 다짐했다.

"온 내각이 전폭적인 지원을 하겠습니다. 그래서 우리 대한은 국난이 발생하면 모두가 일치단결한다는 사실을 천하가 알도록 하겠습니다."

황제가 적극 동조했다.

"좋습니다. 우리 대한은 위기를 기회로 만들 수 있다는 점을 세상에 알려 주세요. 그리고 위기가 기회라는 말이 있듯이, 철저하게 발본색원해서 우리의 자존심을 확실하게 바로 세워 주세요."

"명심하겠사옵니다."

황제의 지시가 이어졌다.

"저들은 분명 짐이 책임 추궁을 하면서 생기는 흐트러진 틈을 이용하려 했을 거예요. 그러기 위해 나름대로 상당한 준비를 했겠지요. 그러다 우리가 거꾸로 일치단결했다는 사실이 알려지면 분명 크게 당황할 거예요. 우리는 그런 틈을 거꾸로 이용해야 합니다. 그러니 즉시 비원과 정보사는 모든 요원을 풀도록 하세요."

비원과 정보사령부 수장이 몸을 숙였다.

"바로 조치하겠습니다."

"수상만 남고 모두 돌아가 일들 보세요. 이 시간 이후부터는 준전시체제입니다."

모든 사람이 자리에서 일어났다. 그리고 한 번 더 결의를 다지고는 서둘러 나갔다.

그들이 나가자 황제가 한숨을 내쉬었다.

"후! 생각지도 않은 일이 벌어졌네요."

정약용도 한숨을 내쉬었다.

"하! 그러게 말입니다. 그러나 폐하의 말씀대로 이번이 기회일 수가 있사옵니다."

개혁군주

"무슨 기회요?"

"한족의 뿌리 깊은 우월 의식을 바꾸는 건 쉽지 않습니다. 그런데 우리는 변발을 금지한 데 이어 한족 여인들이 수천 년을 해 온 전족까지 금지했습니다. 더구나 우리말 교육까지 시행하고 있고요. 이런 일련의 과정을 한족들이 쉽게 받아들이지 않을 거란 예상은 이미 해 온 사실입니다."

황제도 인정했다.

"그렇기는 하지요. 그런데 여자들 전족(纏足)을 못 하게 하는 것이 그렇게 큰 문제가 될까요?"

정약용이 펄쩍 뛰었다.

"당연히 큰 문제가 되옵니다. 청국도 몇 번이나 황명으로 전족을 금지하려 했지만 끝내 실패했던 선례가 있사옵니다."

황제가 고개를 저었다.

"아무리 생각해도 이해가 되지 않습니다. 발을 왜 억지로 작게 만들려 하는지요."

"그게 한족의 오랜 전통인 것을 어찌하겠습니까? 한족들은 발이 작은 여인을 최고의 미인이라고 합니다. 오죽 발이 작은 것을 좋아했으면 삼촌금련(三寸金蓮)이란 말까지 나왔겠습니까?"

"하! 다 큰 사람의 발을 삼촌까지 작게 만들려면 얼마나 고통이 심하겠습니까? 여자가 인형도 아니고요."

"그게 풍습인 것을 어찌합니까?"

"후! 그건 풍습이 아니고 악습입니다. 당장 없애 버려야 할 악습이요."

정약용이 고개를 저었다.

"안타깝지만 쉽게 없어질 사안이 아닙니다. 그리고 우리가 전족 풍습을 금지한 것이 이번 사건의 중요한 단초가 된 것은 분명하옵니다."

"으음!"

"슬기롭게 대처해야 하옵니다. 청나라가 처음 북경에 입성했을 때보다 지금의 상황이 훨씬 더 좋지 않은 건 분명합니다."

황제가 고개를 저었다.

"그래도 전족 금지를 풀어 주면 안 됩니다. 청나라처럼 한족의 문화를 존중하게 되면 결국 우리는 만주족처럼 동화될 수밖에 없어요."

정약용도 동조했다.

"지당한 말씀이옵니다. 그래서 신이 이번 일이 기회라고 말씀드린 것입니다. 신은 이번 일을 거꾸로 이용했으면 하옵니다."

황제가 눈을 번쩍 떴다.

"좋은 방안이 있습니까?"

"신은 이번 기회에 한족 불만 세력을 최대한 쓸어버려야 한다고 생각합니다. 한족의 상당수는 지난 5년간 상당한 불만을 갖고 있을 겁니다. 지역 토호나 유생들은 더 그러할 것이고요. 그런 자들은 누군가 거병을 하면 동반해서 들고일어날 가능성이 높습니다. 한족의 봉기가 곳곳에서 일어난다면 그런 경향은 더 커질 것이고요."

황제도 인정했다.

"그렇겠지요. 지금까지 불만을 풀 길이 없었던 그들에게 더없이 좋은 기회로 보일 터이니까요."

"그래서 이번 반란을 불만 세력을 정리할 호기로 만들어야 합니다."

황제가 생각도 하지 않고 승낙했다.

"좋습니다. 그렇게 합시다. 나도 늘 불순분자들이 찜찜했었는데, 어쩌면 잘되었는지도 모르겠네요."

"그런데 문제가 있습니다."

"무엇이 문제이지요?"

"시간이 걸리겠지만 반란은 반드시 진압될 것입니다. 그렇다고 해서 불만 세력이 완전히 해소되지는 않사옵니다."

"잔존 불순분자들에 대한 처리를 어떻게 하느냐는 문제가 남는다는 말이군요."

"그렇사옵니다."

황제가 잠시 고심했다.

"……음! 이러면 어떻겠습니까?"

정약용이 몸을 바짝 세웠다.

"혜안을 찾아내신 것이옵니까?"

"불만 세력은 지식인이나 지방 유력자들이 대부분일 겁니다."

"저도 그렇게 생각합니다."

"그런 자들을 그대로 놔둔다면 나중에 또 문제가 발생할수 있습니다. 그런 자들에게 한 번의 기회를 더 주십시다."

"기회를 준다고요? 어떻게 말이옵니까?"

"반란이 진압되면 남든지 떠나든지 자발적으로 결정하게하는 겁니다. 그래서 떠나겠다는 자들은 청국과 협의해 전부황하를 넘게 하는 겁니다. 그리고 반란에 참여한 자들은 본보기로 모조리 잡아들여서 북방 개척과 정부 노역에 평생 투입하는 겁니다. 우리가 그렇게 강력한 조치를 취하면 심정적인 동조자들 중에서도 청국을 택할 자들이 대거 나올 공산이큽니다."

정약용이 격하게 공감했다.

"아주 좋은 생각입니다. 실은 신도 그런 생각을 하고 있었습니다."

"아! 그래요?"

정약용이 핵심을 짚었다.

"토호들에게 그냥 넘어가라고 하면 재산 때문에 주저하는자들이 많이 나올 겁니다. 그래서 신은 재산을 처분할 기회도 주었으면 합니다. 그러면서 토지를 몰수해 농민들에게 분배한다는 소문도 내고요. 그런 소문이 돌면 토호들은 어떤 방식으로든 땅을 처분하려고 할 겁니다."

황제도 바로 알아들었다.

"수상께서는 토호들이 문제의 원인이라는 생각을 하고 있군요."

"그렇사옵니다. 대륙의 역대 왕조의 흥망성쇠를 보면 늘 토호들이 문제가 되어 왔습니다. 군정을 실시하고 있는 지금도 행정권이 토호에 밀리는 지역이 상당히 있을 정도입니다. 청국도 토호 문제만큼은 끝내 해결하지 못하면서 국력이 급격히 무너지기도 했습니다."

황제가 동조했다.

"맞는 말입니다. 청국 팔기가 무너지고 향용이 급격히 세력을 떨치게 된 것도 다 지역 토호들의 협조가 있었기 때문이지요."

"그런 토호들을 이번 기회에 모조리 정리해야 합니다. 연경 일대 직례 지역은 청국 초기 토호들을 모조리 정리해서 그나마 다행입니다만, 산동만 해도 토호들이 상당합니다. 특히 산서 지역은 토호의 세력이 다른 어느 지역보다 강하고요."

"그렇다는 보고는 받았습니다."

정약용의 설명이 이어졌다.

"산서는 당나라 시절에는 황하의 동쪽이라 하동(河東)이라고 불렀습니다. 그런 하동에는 토호가 많아 오호십육국과 오

대십국 시절 무려 8개 왕조가 발흥했었습니다. 그만큼 주민들의 기질도 강한 지역이어서, 이번 봉기도 산서에서 참여자가 대거 나올 공산이 큽니다."

"흐음! 산서 인구가 얼마나 되지요?"

"500만이 조금 넘사옵니다. 그중 한족이 7푼이고요."

"의외로 한족이 숫자가 적네요?"

"산서는 본래 이민족이 살던 지역이었습니다. 그러다 소수민족이 한족으로 빠르게 동화되면서 비율이 줄어들고 있는 상황입니다."

"그렇군요. 알겠습니다. 류 사령관에게 지시해 산서를 특별히 더 신경 쓰라고 하지요."

"그렇게 하십시오. 산서는 대업 당시 우리의 군사력을 직접 경험하지 않은 유일한 지역입니다. 거기다 주민들의 기질도 강해서 반란이 일어나면 가장 거세질 확률이 높습니다."

"흐음!"

황제의 표정이 심각해졌다.

⁂

황하전승기념비가 경면주사로 뒤덮였다는 소문은 급속히 번져 나갔다. 소문을 돌면서 한족들이 들썩인 것은 너무도 당연했다.

그러나 저항 세력은 민심을 부추겨 바로 봉기하지 못했다. 황제의 재신임을 받은 군이 그만큼 발 빠르게 대처해 나갔기 때문이다.

그러다 산서에서 먼저 거병했다.

산서의 반란은 토호들이 소작농들을 부추겨 일어났다. 산서에서 발생한 반란은 마치 들불 번지듯 급속히 번져 나갔다.

훗날 밝혀진 사실은 봉기 세력은 처음, 산서의 토호와 교류가 없었다. 그런데도 산서가 먼저 봉기한 까닭은 대한이 낸 소문에 토호들이 위기의식을 느꼈기 때문이다.

산서 토호들은 대한의 통치에 당연히 불만을 품고 있었다. 그렇다고 해서 군정을 피해 대규모로 봉기할 생각은 못 하고 있었다.

그러던 중 불만 세력이 일을 벌이면서 토지개혁에 대한 소문이 돌았다. 거대 농장이 세력의 발판인 토호들로서는 당장 발등의 불이 되었다.

산서 토호들은 자신들의 기득권을 지키기 위해 거병했다. 산서 거병이 급속히 번지면서 반란 세력이 거꾸로 편승해 동시다발적으로 들고일어났다.

연일 사방에서 급보가 날아들었다.

그러나 황제는 조금도 흔들리지 않고 냉정하게 사태를 처리해 나갔다. 덕분에 내각도 군도 흔들리지 않고 주어진 업무를 헤쳐 나갈 수 있었다.

황제가 확인했다.

"2군과 3군의 지원 병력은 어떻게 되었습니까?"

백동수가 대답했다.

"2군은 2개 기병여단이 곧 현지에 도착할 예정입니다. 그리고 3군의 2개 보병여단도 경경선으로 내일이면 연경에 도착합니다."

수상 정약용이 흡족해했다.

"예상보다 일찍 병력이 충원되어서 다행이군요."

백동수가 설명했다.

"우리 군은 편성 초기부터 유사시 병력 지원에 대한 대비가 되어 있습니다. 그래서 황명이 떨어지자마자 즉각 병력을 동원할 수 있었습니다."

정약용이 확인했다.

"각 군에서 2개 여단씩이라면 그래도 상당한 규모입니다. 그런 병력이 빠져나와도 문제는 없습니까?"

"걱정하지 않으셔도 됩니다. 우리 군은 각 군마다 동원여단을 상시 운용하고 있습니다. 그런 동원여단은 비상시에 지금처럼 파견하게 되어 있어서 문제가 없습니다."

"그렇다면 다행이네요."

황제가 확인했다.

"토벌을 어느 지역부터 시작합니까?"

"토호들이 가장 많이 준동한 산서부터 시작하려고 합니다."

정약용이 우려했다.

"산서의 반군은 상당히 강병이라고 들었습니다. 그런 반군을 먼저 정리하다 아군의 피해가 많이 발생할 수도 있지 않겠습니까?"

백동수가 크게 웃었다.

"하하하! 수상 각하께서는 걱정하지 않으셔도 됩니다. 우리 군의 보유한 화기는 막강합니다. 산서 지역을 방어하고 있는 대륙군의 2군도 다른 어느 병력보다 강군이고요."

황제가 거들었다.

"맞는 말입니다. 우리가 늦게 토벌하면 산서 토호들이 쓸데없이 오판할 가능성이 있어요. 그러기 전에 철저하게 궤멸시키는 게 좋습니다."

정약용이 고개를 갸웃했다.

"그런데 폐하께서는 다른 어느 때보다 냉철하신 것 같사옵니다."

황제가 싱긋 웃었다.

"왜요? 수상이 보기에 반군이 대거 거병했는데도 당황하지 않는 게 이상합니까?"

"예, 처음에도 그러셨습니다. 경계하지 못한 사안은 냉철히 질책하시면서도 한족의 거병에는 별로 우려하지 않으셨사옵니다."

황제가 들고 있던 연필을 놓았다. 그러고는 지휘관들을 죽 둘러보며 분명하게 밝혔다.

"짐은 처음부터 우리 군을 믿었습니다. 단지 불순분자들의 도발을 사전에 막지 못한 점이 아쉬웠을 뿐이지요. 더 중요한 사실은 짐이 우리 군의 군사력을 믿지 못할 이유가 없잖아요."

류성훈 사령관이 고마워했다.

"폐하의 말씀에 너무도 감읍하옵니다. 그리고 폐하께서 일부러 기회를 주신 것을 모르는 지휘관들은 아무도 없사옵니다."

황제가 호탕하게 웃었다.

"하하하! 다행이네요. 어쨌든 이번 위기를 절호의 기회로 만드는 건 여러분의 몫임을 잊지 말아야 합니다."

류성훈 사령관이 다짐했다.

"그 점은 걱정하지 않으셔도 되옵니다. 일벌백계 차원에서라도 우리 군은 이번 도발에 철퇴를 내릴 것이옵니다."

"그렇게 하세요. 이번 사건 이후로 대륙 지역은 앞으로 상당 기간 철권통치를 시행할 예정입니다. 그러니 총참모부는 그에 따른 준비도 철저하게 수립해 놓아야 합니다."

총참모장이 머리를 숙였다.

"명심하겠습니다."

황제가 자리에서 일어났다.

"총참모부는 반군토벌과 함께 진행될 평정 작업도 준비하세요. 그러기 위해서는 동원여단과 주둔군이 유기적인 협조 체계를 구축해야 하니, 그 부분에 대해서도 잘 챙기도록 하세요."

총참모장이 고개를 숙였다.

"예, 폐하. 조금의 소홀함도 없이 준비해 놓겠사옵니다."

황제가 정약용을 불렀다.

"수상께서는 나와 잠시 걷지요."

"예, 폐하."

황제가 전각을 나왔다.

그리고 북해호수 주변의 회랑을 따라 한동안 걸었다. 그러던 황제가 호수로 돌출된 작은 누각에 앉았다.

"청나라가 도발하지는 않겠지요?"

정약용이 딱 잘랐다.

"과거의 청이었다면 이 기회를 그대로 흘려 버리지 않았을 겁니다. 그러나 지금은 송을 견제하는 것만 해도 벅찬 실정입니다."

"그렇기는 하지요."

"더구나 한족의 부흥을 기치로 내건 반군입니다. 그런 반군으로서는 청나라의 호응이 결코 달갑지 않을 것입니다. 청나라도 마찬가지일 것이고요."

"그럴 수도 있겠네요. 그러나 적의 적은 아군이라고 했습니다. 반란에 성공하기 위해서라도 청과 손잡을 수도 있습니다."

정약용이 고개를 저었다.

"쉽지 않을 겁니다. 대륙을 평정한 만주족은 한족의 모든 풍습을 인정했습니다. 그러나 단 하나, 변발만큼은 철저하게 시행했습니다. 그런데 우리는 변발부터 없앴습니다. 한족도 우리의 변발 금지 정책을 적극 따랐고요. 그런 반군으로선 명분도 얻지 못하는 청국과의 공조는 생각도 않을 것입니다."

"으음!"

"저는 그보다 난을 진압한 후가 걱정입니다."

"진압 이후가 걱정이라니요?"

"난이 진압되면 우리는 불순분자를 대대적으로 색출할 것입니다. 그러면서 황하를 개방할 예정입니다. 그런데 우리의 불순분자를 청국이 받아들일지가 의문입니다. 그리고 불순분자들도 청국을 택할지도 확실치가 않고요."

황제가 크게 고개를 끄덕였다.

"역시 수상께서는 거기까지 내다보고 있었군요."

정약용이 놀랐다.

"폐하께서도 그런 걱정을 하고 계셨군요."

"예, 불순 세력을 청국이 받아들이지 않을 가능성이 높다는 생각이 들었습니다. 그래서 수상께 고견을 여쭈려고 따로 부른 것입니다."

개혁군주

정약용이 생각에 잠겼다.

황제는 그런 정약용을 위해 조용히 기다려 주었다. 기다리는 황제를 위해 상선은 내관을 시켜 차를 올리게 했다.

얼마의 시간이 흘렀다.

"후!"

정약용이 한숨과 함께 생각에서 깨어났다.

황제가 웃으며 차를 권했다.

"하하! 목부터 축이시지요."

정약용이 얼굴을 붉히며 고개를 숙였다.

"송구하옵니다. 폐하의 하명을 듣고 갑자기 머릿속이 복잡해서 저도 모르게 결례를 범했사옵니다."

"별말씀을요. 과제에 정신없이 몰두하는 모습이 오히려 보기가 좋았습니다."

정약용이 차를 한 모금 마셨다.

"불순분자들을 그대로 놔둘 수는 없습니다. 그렇다고 모조리 잡아들여 노역을 시킬 수도 없고요. 그러기에는 숫자도 너무 많습니다."

"맞습니다. 분명 수백만이나 될 것이어서 짐도 고민이 많습니다."

"방법은 단 하나입니다. 송나라로 내려보내는 수밖에 없습니다."

황제도 바로 동조했다.

"역시 그것이 최선이겠지요?"

"그렇습니다."

황제가 문제를 지적했다.

"그러려면 두 가지 문제를 해결해야 합니다. 하나는 송이 받아 주어야 하고, 다른 하나는 어떻게 사람들을 수송하느냐 는 겁니다."

"송과의 문제는 내각에서 책임지고 성사시켜 보겠습니다."

"그러면 수송은 상무사 선박을 이용해 해상으로 수송해야 겠군요."

정약용이 고개를 저었다.

"아닙니다. 신의 생각으로는 바다가 아닌 대운하를 이용 하면 될 거 같습니다."

황제가 깜짝 놀랐다.

"대운하를 이용하자고요. 그러려면 그 문제도 청나라와 교섭을 해야 하는데, 가능하겠습니까?"

정약용이 자신 있게 대답했다.

"그 또한 내각에서 책임지고 성사시켜 보겠습니다."

황제는 궁금했다.

"좋습니다. 그런데 어떻게 양국과 협상을 하시겠다는 것 이지요?"

"수송이 선결과제입니다. 우리가 통치하는 대륙에는 한족도 많지만, 만주족도 상당수가 있습니다. 저는 이런 만주족에게도 이주할 기회를 주자는 겁니다."

황제가 탄성을 터트렸다.

"아! 그러면 청국과 대화가 되겠습니다."

"예, 만주족의 이주를 용인해 주는 조건으로 한족의 대운하 이용을 동의받는 겁니다. 그리고 이주하려는 한족에게는 운하 사용료를 청나라에 지급하게 하고요. 물론 타고 갈 배는 우리가 제공하고, 승선 요금은 당연히 받아야 합니다."

황제가 탄복했다.

"아! 대단한 계획입니다. 이거, 의외로 많은 인구이동이 진행될 수 있겠군요."

"산서에서도 많은 한족이 이동할 겁니다. 그들의 편의를 위해 황하 곳곳에서 이주를 진행한다면 아마도 많은 숫자가 이동할 것입니다."

"자연스럽게 인구 정비가 되겠군요. 그러면 송은 어떻게 설득하시려고요?"

"송나라는 지금 국가재건에 한창입니다. 그런 송에게 이주민은 훌륭한 노동 자원이 될 겁니다."

황제가 대번에 알아들었다.

"이주민을 일정 기간 노동 현장에 투입하라는 제안을 하려는 거로군요."

"그렇습니다. 1, 2년 정도면 송으로서도 만족할 겁니다.

노역하지 않겠다는 이주민에게는 적정 금액을 이주비로 받게 하면 될 것이고요."

황제가 탁자를 쳤다.

"그거 아주 좋은 방안입니다. 그렇게 하면 송나라도 상당한 금액을 거둬들일 수 있어서 이주민들을 적극 수용할 가능성이 높겠습니다. 아울러 필요한 인력도 충원을 쉽게 할 수 있을 것이고요."

"예, 청나라에도 같은 방안을 제안할 것입니다."

황제가 격하게 동조했다.

"그렇군요. 가족이 청으로 먼저 넘어간 사람을 위해 그렇게 조치하면 되겠어요."

정약용이 밝혔다.

"그렇습니다. 이런 조치를 하면 의외로 많은 한족이 빠져나갈 것이 걱정되기는 합니다. 그러나 나라의 미래를 위해서는 지금 어려운 게 나을 거 같아서 이런 말씀을 드리는 것입니다."

황제가 딱 잘랐다.

"그 점은 조금도 걱정 마세요. 아무리 이주 정책이 좋다고 해도 한족은 절반도 이주하지 않을 겁니다. 그러나 불순분자들은 이번 기회에 무슨 수를 쓰더라도 이주할 겁니다."

"그렇게만 된다면 더없이 좋겠사옵니다."

대화를 마친 정약용이 일어났다.

"폐하! 신이 바로 나가 외무상과 협의해 양국에 특사를 파견하도록 조치하겠사옵니다. 그래야 양국이 쓸데없는 오판을 하지 않을 거 같사옵니다."

황제가 흡족한 미소를 지었다.

"그렇게 하세요. 이런 일일수록 빨리 처리하는 게 맞아요."

정약용이 인사를 하고는 급히 물러갔다. 그런 정약용을 바라보는 황제의 용안은 더없이 서늘했다.

❀

원림별궁을 나온 정약용은 마차를 타고 수상부로 이동했다.

자금성이 철거되면서 연경의 황성은 용도가 대폭 변경되었다. 그렇게 변경된 황성의 왕부 한 곳을 수상관저로 사용하고 있었다.

마차에서 내린 정약용이 외상을 급히 불렀다.

잠시 후 이만수가 들어왔다.

"어서 오십시오, 외무상 대감."

정약용은 자신보다 10살이 많은 이만수를 깍듯이 예우했다.

그런 정약용의 처신에 이만수가 기분 좋게 너털웃음을 터트렸다.

"허허허! 무슨 일이기에 수상께서 이리도 급히 저를 부르신 겁니까?"

"조금 전 폐하와 전후 처리에 대해 논의를 했습니다."

정약용이 황제와 나눈 대화를 설명했다.

그 설명을 들은 이만수가 심각한 표정을 지었다.

"동시에 두 나라를 설득해야 하는군요."

"예, 그렇습니다."

이만수가 자신의 생각을 밝혔다.

"청국은 쉽게 받아들이겠지만 송나라는 예상 못한 변수가 발생할 수도 있습니다. 그런 변수를 차단하기 위해서는, 청국은 외무성에서 특사를 파견하고 송나라는 상무사에 부탁하는 게 좋겠군요."

이만수는 조선 시절부터 지금까지 오랫동안 외교를 책임져왔다. 그런 경륜에 걸맞게 단번에 상황을 파악해서는 적절한 조치를 한 것이다.

정약용이 감탄했다.

"역시 대감이십니다."

"하하하! 별말씀을요. 이 모두가 폐하께서 오래전부터 주창해 오신 관리의 전문화 덕분이지요. 그렇지 않았다면 내가 이렇게 오랫동안 외무상으로 봉직하지 못했을 겁니다."

"맞는 말씀입니다."

이만수가 바로 일어났다.

"사안이 급하니 바로 일어나야겠습니다."

"부탁드립니다."

이만수는 그길로 기차에 올랐다. 요양에 도착한 이만수는 내부 회의와 상무사와의 협의를 거쳐 특사를 파견했다.

그러고는 비원을 통해 소문을 퍼트렸다. 소문은 순식간에 퍼졌으며, 특사들이 양국에 도착하기도 전에 반군에게도 알려졌다.

반군 세력은 크게 위축되었다.

대한이 전투를 벌이기도 전에 전후 처리를 먼저 결정했다고 한다. 이는 대한이 자신들을 위협으로 생각하지 않는다는 의미나 다름없었다.

상대가 청나라라면 호기로 생각해 세력을 더 크게 불렸을 것이다. 그러나 대한의 군사력을 알고 있던 반군은 거꾸로 불안감이 증폭되었다.

반군은 거병에 실패하면 황하를 넘을 계획이었다. 그런 계획을 사전 차단하려는 대한의 조치로 반군은 시작부터 흔들려 버렸다.

그러나 대한은 이들이 세력을 재정비할 시간을 주지 않았다. 소문이 돌자마자 대한은 대대적인 소탕 작전을 시작했다.

소탕 작전은 무자비했다.

항복은 받아 주었지만 저항하면 부상자도 남기지 않았다. 반군도 당하지만은 않고 결사 항전을 하기는 했다.

　그러나 화기로 무장한 정규군을 총칼만으로 대항할 수는 없었다. 더구나 대한군은 철저하게 각개격파하면서 반군 세력을 규합조차 못 하게 했다.

　그래도 도처에서 일어난 반란을 진압하는 데 두 달여의 시간이 걸렸다. 그로 인해 여름은 너무도 뜨거웠으며 황하의 물빛은 온통 붉었다.

야욕을 이용하다

　황제는 반란이 시작된 늦봄부터 여름 내내 연경에 머물렀
다. 그러면서 진압 과정을 직접 살폈으며, 필요하다 생각하
면 개입도 서슴지 않았다.

　대륙군도 바짝 긴장했다.

　자신들의 방심으로 시작된 일이다. 더구나 황제가 만회할 기
회를 열어 준 상황이어서 절치부심해 가며 반란을 진압했다.

　반란 진압이 시작되면서 황제는 황후와 황태자, 황자를 연
경으로 불러들였다. 반란 이후까지 직접 챙기려면 연경에 오
래 머물러야 했기 때문이다.

　연경에는 황실원림 원명원이 있다. 원명원은 인공호수를
중심으로 조성되었으며 모두 3개의 권역으로 나뉘어 있다.

이중 원명원의 주요 전각들은 요양으로 이전했다. 그러나 다른 원림의 전각은 그대로여서 황실 가족이 머무는 데 조금의 불편함도 없었다.

원명원은 특히 정원이 아름답다.

규모도 광대했으며 서양 방식으로도 조성된 정원도 있었다. 황제는 원명원의 전각을 이건하면서도 원림의 아름다움을 최대한 보전시켰다.

창업보다 어려운 일이 수성이다. 황제도 전생에서 수성에 실패한 왕조와 기업을 수없이 봐 왔다.

그래서 황제는 황태자를 직접 챙겼다.

조선의 세자는 새벽 3시부터 밤 10시까지 그야말로 살인적인 스케줄을 감당한다. 이렇게 엄하게 교육하는 데에는 그만한 이유가 있었다.

세자는 최고 권력을 갖고 태어난다. 그런 세자는 누구도 눈치를 보지 않고 자라난다.

더구나 세자의 주변에는 하나같이 머리를 숙이는 사람들만 넘쳐 난다. 그런 사람만 보고 자라기 때문에 비뚤어지고 잘못되기 일쑤였다.

그래서 살인적인 일정을 강요해서 다른 곳으로 눈을 돌리지 못하게 해 왔다.

이런 주입식 교육은 나름대로 성과를 거둘 수는 있다.

그러나 주입식 교육은 사고를 경직시키고, 학문이 일방적으로 흐르는 문제가 있다. 특히 진취적인 소양을 쌓는 데에는 큰 걸림돌이 되기도 한다.

황제는 교육 방식을 대대적으로 손봤다.

황태자에게 학문만 강요하지 않았다. 그 대신 다양한 경험을 통해 창의적인 사고와 호연지기를 길러 주려고 노력했다.

황제 스스로도 노력했다.

황태자와 함께 보내는 시간을 많이 가지려 노력했다. 이전 지식을 적절하게 알려 주거나 운동도 함께하며 기본 체력도 함양시켰다. 황제가 이렇게 할 수 있었던 것은 국정 업무를 내각에 대폭 위임했기 때문이다.

권한을 위임하면서 감사 기능도 더 보강했다. 그뿐만 아니라 포상 기능도 대폭 확대했다.

관리들을 너무 옥죄면 복지부동한다. 이전과 달리 정년이 보장된 관리들이 소신을 버리고 보신을 택하면 국가적으로 큰 손실이다.

그래서 황제는 다양한 포상을 통해 관리들의 성취욕과 보상 심리를 고취했다. 공과에 따른 특진제도를 활성화해 명예욕도 채워 주었다.

황제의 배려로 내각은 국정 수행 권한이 대폭 늘어났다. 그러면서 자정 능력까지 갖추면서 내각제로의 토대를 점차 쌓아 가고 있었다.

본토에서 이런 일이 벌어지고 있을 무렵. 시몬스와 오도원은 파리를 방문하고 있었다. 몇 개월의 항해 끝에 파리에 도착한 두 사람은 프랑스 외무장관 공관을 찾았다.

탈레랑이 두 사람의 방문을 환대했다.

"하하하! 어서 오시오."

시몬스가 먼저 인사했다.

"오랜만에 뵙습니다. 외상 각하."

"하하하! 그러네요. 남작을 본 지 1년이 넘었군요. 어떻게, 그동안 동양을 다녀온 것이오?"

"그렇사옵니다."

탈레랑이 오도원을 보며 반색했다.

"이게 누구요! 대한제국 상무사의 오 대표가 아니오! 이게 대체 얼마 만에 만나는 거요?"

오도원이 그의 손을 반갑게 잡았다.

"반갑습니다, 외상 각하. 몇 년 만에 뵙는데도 조금도 달라지지 않으셨습니다."

탈레랑이 호탕하게 웃었다.

"하하하! 감사하지만 그렇지 않아요. 이제는 나도 아침에 일어나기 힘든 나이가 되었어요."

"그래도 겉으로는 전혀 그렇게 보이지 않습니다."

"하하하! 좋게 봐주셔서 고맙소이다."

시몬스가 소개했다.

"지난해 대한제국의 황제께서 새로 즉위하셨습니다. 그때 여기 계신 오 대표께서 남작의 작위를 받으셨지요. 아울러 뉴올리언스 주변에 영지도 하사받으셨고요."

탈레랑의 눈이 커졌다.

"오! 축하드립니다. 영지까지 하사받았으면 진정한 귀족이 되었군요."

오도원이 겸양했다.

"모두 황제 폐하의 황은 덕분이지요."

세 사람이 자리에 앉자 홍차가 나왔다.

"드셔 보시오. 실론에서 재배한 홍차요."

"감사합니다."

오도원이 각설탕 2개를 넣고 차를 저었다. 그러고는 약간 맛을 보고는 1개를 더 넣었다.

"차 맛이 아주 훌륭하군요."

오도원은 자연스럽고 능숙하게 행동했다.

그런 모습을 본 탈레랑이 감탄했다.

"허허! 귀국에서도 홍차를 많이 마시나 보군요."

오도원이 설명했다.

"그렇지는 않습니다. 홍차는 청국의 녹차 잎이 적도를 몇 번 지나는 동안 발효되거나 상한 원리를 활용한 상품으로 알고 있습니다. 그만큼 동양에서 유럽까지의 항해 거리가 길다는 의미겠지요."

"맞습니다. 홍차가 나오게 된 것은 전적으로 항해 거리가 원인이었지요."

"그러나 우리 대한은 다릅니다. 우리는 차의 산지도 본토에 있습니다. 그리고 대륙의 녹차 산지와도 별로 멀지 않지요."

"아! 그렇군요. 그래서 귀국은 홍차 대신 발효하지 않은 녹차를 마신다는 말이군요."

"그렇습니다. 녹차의 가장 첫물을 우전(雨前)이라고 합니다. 곡우(穀雨)라는 우리 고유의 절기 이전에 딴 어린잎을 말하지요. 그런 찻잎을 몇 번 덖어서 만든 녹차를 우리 대한에서는 최고로 여긴답니다. 그러나 저는 찻잎이 발효되면서 풍미가 좋아진 홍차도 즐겨 마십니다."

탈레랑이 감탄했다.

"놀랍군요. 오 남작이 이토록 차에 대해 조예가 깊은 줄 몰랐습니다."

"과찬이십니다."

세 사람은 차를 마시며 잠시 한담을 나누었다. 그러다 탈레랑이 먼저 분위기를 정리했다.

"오 남작이 몇 년 만에 파리에 그냥 오지는 않았을 것이고. 혹시 나에게 할 이야기가 있어서 온 겁니까?"

오도원도 정색을 했다.

"그렇습니다. 그동안 우리 상무사는 귀국의 도움으로 유럽 교역에 큰 성공을 거두고 있습니다. 우선은 그 부분부터 감사를 드립니다."

탈레랑이 손을 저었다.

"그렇지 않아요. 물론 우리가 도움을 준 점도 없지는 않겠지요. 그러나 실질적인 도움을 받은 건 우리라고 할 수 있지요. 만일 귀국이 발명한 통조림이 없었다면 우리 군은 대외 원정에서 많은 어려움을 겪었을 거요."

시몬스도 동조했다.

"맞는 말씀입니다. 통조림은 프랑스의 군사력 증강에 큰 도움을 준 물건이 분명합니다. 만일 통조림 부품 수급이 원활했다면 나폴레옹 황제 폐하께서 대륙봉쇄령을 이렇게 빨리 풀지 않았을 가능성이 높습니다."

탈레랑도 인정했다.

"부인하지 않겠소이다. 대륙봉쇄령은 영국도 큰 피해를 입겠지만 우리도 그에 못지않은 피해를 입을 수밖에 없는 정책이었소. 그래서 처음부터 반대가 많았지만 폐하께서 강력히 밀어붙이는 바람에 어쩔 수 없이 시행이 되었지요."

오도원이 슬쩍 동조했다.

"프랑스 내부에서도 반대가 심했었군요."

"그래요. 나폴레옹 황제도 우리 경제에 적잖은 피해가 있을 거란 예상은 했지요. 그러나 영국을 고립시키는 것이 훨씬 이득이라는 판단으로 강행을 했었소. 그런데 대륙봉쇄령으로 대외 교역이 금지되자 가장 먼저 통조림공장의 가동이 중단되었소이다. 솔직히 통조림을 자체적으로 만들어 낼 수 있었다면 아마도 대륙봉쇄령은 지금보다 훨씬 더 오래갔을 거요."

오도원이 고개를 갸웃했다.

"통조림통의 재료는 프랑스 기술력으로도 만들 수 있었을 텐데요."

탈레랑이 고개를 저었다.

"비슷하게는 만들 수 있었지요. 아니, 육안으로 봐서는 똑같게 만들었어요. 그러나 우리가 만든 재료로 만든 통조림은 부식이 빨리 진행되었어요. 거기다 화란양행에서 파견했던 기술자가 철수하면서 불량품이 대거 발생하기도 했고요."

오도원이 문제를 지적했다.

"불량통조림을 먹으면 식중독에 걸릴 위험성이 아주 높아집니다."

탈레랑이 씁쓸해했다.

"그게 결정적이었소. 더 문제는 상한 통조림을 먹은 병사 수십 명이 원인 모를 질병으로 죽어 나간 것이오. 그런 상황이 곳곳에서 터져 나오면서 군이 들고일어난 거요. 군을 가장 중요시하는 나폴레옹 황제는 그 바람에 어쩔 수 없이 대륙봉쇄령을 풀게 된 것이지요."

시몬스가 나섰다.

"통조림의 편리함을 알게 된 이상 과거로 돌아갈 수는 없었을 겁니다."

"인정하오. 무엇보다 통조림을 만들지 못하면서 식품 저장 능력이 대폭 떨어지게 되었지요. 그렇게 되니 군수물자 수급이 문제가 되면서 전쟁 수행 능력이 급격히 떨어졌지요."

"그랬을 겁니다."

탈레랑이 오도원을 바라봤다.

"그래서 대륙봉쇄령이 풀리면서 실질적인 도움을 받은 것이 프랑스라는 말을 한 거요. 자! 말씀해 보시오. 무슨 일로 나를 찾아왔는지 말이오."

"알겠습니다. 오늘 각하를 찾아뵌 것은 도움을 받기 위해서입니다."

탈레랑이 눈을 빛냈다.

"말씀해 보시오. 내가 도울 일이 있으면 그간의 정리를 생각해서도 흔쾌히 도와드리리다."

"말씀만 들어도 감사합니다."

오도원이 생각을 정리했다.

"……그동안 우리 대한제국은 귀국에서 매입한 루이지애나를 적극 개발해 왔습니다. 중심지인 뉴올리언스도 귀국의 도움으로 이민이 급증해 인구가 20만 가까이 늘어나게 되었고요."

탈레랑의 뿌듯한 표정을 지었다.

"뉴올리언스 이민에 우리 프랑스가 도움을 준 것은 사실이오. 그리고 영국과의 불편한 관계 때문에 미국이 이민을 제한한 것도 원인 중 하나요."

시몬스도 동조했다.

"맞습니다. 프랑스는 대륙봉쇄령을 풀었지만, 영국은 지금도 해상봉쇄를 강행하고 있습니다. 그로 인해 미국의 유럽교역이 큰 차질이 빚고 있고요. 특히 해상봉쇄를 위해 영국이 미국 선원들을 강제징집하는 것도 큰 문제입니다."

탈레랑이 고개를 저었다.

"영국이 미친 짓을 하는 거요. 미국이 독립한 지 벌써 30년이 넘었소. 그럼에도 영국은 아직도 미국을 자신들의 식민지로 생각하는 경향이 많소이다."

"맞습니다. 그런 일이 반복돼서 미국 내 여론이 아주 좋지 않다고 합니다. 더구나 영국은 북미 원주민들을 지원해 미국의 정착민들을 공격하게 하고 있고요. 이와 같은 상황이 지속된다면 양국이 전쟁을 벌인다고 해도 하등 이상하지 않습니다."

오도원은 나름 유럽 사정에 정통했다. 더구나 이번에 유럽으로 오면서 시몬스로부터 수많은 정보를 입수할 수 있었다.

그래서 자신 있게 의견을 냈다.

"양국이 전쟁을 벌인다면 뉴올리언스로의 이민은 급물살

을 타겠군요."

시몬스가 동조했다.

"그렇게 될 겁니다. 그리되면 뉴올리언스도 지금보다 더 발전하게 되겠지요."

분위기가 무르익자 오도원이 탈레랑을 바라봤다.

"외상 각하. 우리 대한은 북미를 원활히 통치하기 위해 귀국의 도움이 필요합니다."

탈레랑도 적극 나섰다.

"무엇을 도와주면 되겠소?"

오도원이 가져온 지도를 펼쳤다.

탈레랑이 지도를 대번에 알아봤다.

"이 지도는 북미 대륙 아니오?"

"그렇습니다. 이 일대가 미국이고, 그 위가 영국 식민지입니다. 그리고 이 중간 지역이 본국 영토인 루이지애나입니다."

오도원이 캘리포니아 북부를 짚었다.

"이 지역이 아직 미개척지입니다. 그래서 우리 대한제국은 지난 10여 년 동안 이 지역을 중점적으로 개척하면서 루이지애나 방면으로 세력을 확장하고 있습니다."

탈레랑도 동조했다.

"태평양에 접한 동양 국가인 귀국으로선 그게 최선이겠지요."

"그렇습니다. 다행히 우리의 노력이 성공을 거두며 지금까지 100여 만을 이주시킬 수 있었습니다."

탈레랑이 깜짝 놀랐다.

"뭐요! 벌써 100여 만이나 이주를 시켰다고요?"

"예, 각하."

탈레랑이 고개를 저었다.

"놀랍군요. 불과 10년 만에 100여 만이라니. 미국은 수백 년 동안 이민을 추진하고 있어도 겨우 500여 만인데, 엄청난 인구가 유입되었군요."

오도원이 설명했다.

"미국은 개인적인 이주여서 시간이 많이 걸렸습니다. 그러나 우리는 철저하게 계획해서 진행해 왔으며, 화란양행이 적극 도우면서 이주민이 늘어난 것입니다."

"이주민이 많다니 좋은 일이오. 계속하시오."

"예, 이주민이 늘어나면서 캘리포니아 남부로도 대거 진출하게 되었습니다. 아울러 뉴올리언스와 가까운 텍사스도 마찬가지고요."

탈레랑의 눈이 커졌다.

"그 지역은 모두 스페인 관할 아니오?"

"그렇습니다. 그러나 스페인은 그동안 이 지역을 거의 버려두고 있었습니다."

"그래요? 그런데 스페인이 왜 그 지역을 버려둔 것이지요?"

"이 두 지역은 원주민이 별로 없습니다. 그래서 개척을 하려면 사람을 이주시켜야 하는 번거로움이 있습니다. 더구나 이 지역 원주민들은 종교를 앞세운 스페인의 진출에 아주 비협조적인 것도 큰 문제이고요."

"원주민도 별로 없고, 종교 교화도 어려워서 그동안 버려두었다는 말이군요."

"그렇습니다. 스페인으로서는 인구가 많은 멕시코를 비롯한 중남미 지역을 통치하는 것만 해도 충분했으니까요. 그래서 지금까지 겨우 몇천 명만 이주한 상황이지요. 그것도 남미 원주민이 이주민의 대부분이고요."

"거의 버려두었다는 말이 맞네요. 그런데 귀국에서는 캘리포니아와 텍사스로 얼마나 많은 사람이 이주한 것이오?"

"두 지역을 합하면 대략 10여 만이 됩니다."

탈레랑이 눈을 크게 떴다.

"10여 만이오?"

"그렇습니다. 대부분 청국과의 전쟁을 경험한 제대군인들이 이주해 있습니다."

"으음! 제대군인이라면 바로 민병대를 조직할 수 있겠군요."

"물론입니다."

그가 지도를 바라보며 잠시 고민했다.

"귀국이 두 지역을 얻도록 우리가 중재해 달라는 말이오?"

오도원이 주저 없이 대답했다.

"그렇습니다. 스페인이 수백 년간 버려둔 땅을 우리가 개척하고 있습니다. 그런 사실만으로도 그들과 담판을 벌여도 되기는 합니다. 그러나 우리는 스페인을 속국으로 두고 있는 프랑스와의 관계를 생각하지 않을 수 없었습니다."

탈레랑이 고개를 끄덕였다.

"고마운 말씀이오."

오도원이 탈레랑을 띄웠다.

"우리가 북미에 진출하게 된 것은 전적으로 탈레랑 외상 각하의 도움 덕분이었습니다. 그런 우리가 각하께 다시금 중재를 부탁하는 건 너무도 당연하지 않겠습니까?"

오도원의 말은 교묘했다.

탈레랑이 호탕하게 웃었다.

"하하하! 내가 중재를 해서 이런 일이 발생했으니 마무리도 나에게 해 달라는 말이오?"

오도원도 싱긋이 웃었다.

"우리 동양 속담에 결자해지라는 말이 있지요. 자신이 저지른 일은 자신이 해결해야 한다는 의미고요. 캘리포니아와 텍사스는 거의 버려졌던 땅입니다. 그런 땅을 넘겨준다고 해서 스페인으로서도 별다른 부담이 되지 않습니다. 그래서 탈레랑 각하께서 이 일을 중재해 주신다고 해도 별다른 문제가 되지 않을 것입니다."

오도원의 목소리가 낮아졌다.

"그리고 프랑스에도 나름의 성의 표시를 하려고 합니다. 특히 중재를 하게 될 탈레랑 외상 각하께는 개인적인 인사도 따로 할 것이고요."

탈레랑이 침을 꿀꺽 삼켰다.

그는 루이지애나를 중재하면서 막대한 뇌물을 받은 경험을 떠올렸다.

그런 그가 지도를 바라보며 아쉬운 표정을 지었다.

오도원이 대번에 알아챘다.

"무슨 문제가 있사옵니까?"

"귀국이 루이지애나를 매입할 때는 새로운 도전이었소. 그래서 적극 나설 수 있었지요. 그런데 이번 일은 귀국이 이미 손을 다 쓴 상황이오. 그런 상황이라면 내가 중재해야 할 일이 많이 없을 거 같다는 생각이 드는군요."

말은 이렇게 했으나 속뜻은 따로 있었다. 탐욕으로 가득한 그는 이번 일을 중재해도 이전처럼 많은 뇌물을 받지 못할 것을 지적했다.

오도원이 그를 다독였다.

"외상 각하! 우리 대한은 도움을 주면 그 은혜를 절대 잊지 않습니다. 그러니 그 부분은 조금도 걱정하지 않아도 됩니다."

오도원은 그가 중재를 잘해 주면 이전처럼 뇌물을 줄 거라고 에둘렀다.

그 말을 찰떡같이 알아들은 탈레랑의 표정이 환해졌다.

"하하하! 좋소이다. 오 남작의 생각이 그렇다면 내가 적극적으로 나서 보리다. 그런데 우리 프랑스에는 어떤 선물을 주려고 하시오?"

오도원이 대답했다.

"통조림통의 원천 제조 기술을 넘겨주겠습니다. 아울러 지금 가동하고 있는 통조림공장에 대한 권리도 일체 이전해 드리지요."

탈레랑의 눈이 더없이 커졌다.

"정녕 그게 사실이오?"

오도원이 그를 똑바로 바라봤다.

"그렇습니다. 귀국의 황제께서는 대륙을 완전히 장악하기를 바라실 겁니다. 그러기 위해서는 러시아를 반드시 굴복시켜야 하고요. 프랑스 육군의 전투력은 최강입니다. 그런 프랑스가 러시아 공략을 쉽게 결정하지 못하는 까닭은 전적으로 보급에 대한 우려일 겁니다."

탈레랑도 인정했다.

"부인하지 않겠소."

오도원이 적극적으로 설명했다.

"통조림은 제대로 만들면 10년을 두어도 내용물이 상하지 않습니다. 기호 식품을 비롯한 다양한 군수물자를 담을 수도 있고요."

"그렇다는 말은 들었소이다."

"우리 대한제국은 그런 통조림의 원천 기술을 모조리 넘겨 드리겠습니다. 통조림공장을 귀국이 직영하게 된다면 보급에 대한 걱정은 완전히 덜어 냈다고 해도 과언이 아닙니다. 거기에 겨울에 대한 대비만 철저히 한다면 나폴레옹 황제 폐하의 염원을 달성하는 일이 결코 꿈이 아닐 겁니다."

오도원의 발언은 황제가 알려 준 내용이었다.

탈레랑은 오도원의 발언에 한동안 고심했다.

"……오 남작, 지금의 발언을 나폴레옹 황제에게 직접 해 줄 수 있겠소? 그러면 내가 반드시 귀국의 부탁을 성사시켜 주리다."

"당연히 할 수 있습니다."

탈레랑이 이내 만족한 표정을 지었다.

그러던 그가 조심스럽게 질문했다.

"그런데 캘리포니아를 얼마에 매입하려고 하시오? 지도로 봤을 때는 루이지애나의 절반도 되지 않소. 거기다 귀국이 이미 상당히 진출해 있는 상황이니 이런 점도 감안하겠지요?"

오도원이 고개를 저었다.

"아닙니다. 우리는 루이지애나를 매입한 대금의 두 배를 생각하고 있습니다."

이 말에 탈레랑은 또 한 번 놀랐다.

"그게 정말이오? 귀국이 기득권까지 있는 지역이고 면적도 적소이다. 그런데 왜 그렇게 많은 대가를 지급하려는 거요?"

"각하의 지적이 맞습니다. 그러나 우리는 대승적인 차원에서 중재하는 각하와 프랑스의 입장을 고려해서 매입 금액을 결정했습니다."

탈레랑이 감탄했다.

"아! 그래요?"

오도원이 차분히 설명했다.

"각하의 말씀대로 우리가 직접 캘리포니아 일대에 대한 권리를 주장해도 됩니다. 그래도 될 만큼 스페인은 자신들의 주권을 전혀 행사하지 않고 있었으니까요. 그러나 우리 대한제국은 북미 지역에서 평화로운 진출을 바라고 있습니다. 그렇다고 우리의 군사력이 약한 것이 아님을 각하께서는 알아주셨으면 합니다."

탈레랑도 적극 동조했다.

"물론이오. 귀국이 동양의 최강국인 청나라를 압도했다는 사실을 모르는 유럽인은 없소이다."

"감사합니다. 그런 군사력을 보유하고 있음에도 우리의 황제 폐하께서는 이번 사안을 평화적으로 해결하고 싶어 하십니다. 그리고 프랑스와의 선린 우호 관계도 고려하라 하셨고요."

탈레랑이 흔쾌히 대답했다.

"잘 알겠소이다. 귀국이 이렇게 큰 포용력을 갖고 협상에 임한다니 분명 좋은 결과가 있을 거라 생각하오."

"부디 그렇게 되기를 바랍니다. 그리고 우리가 매입 대금을 그렇게 많이 책정한 이유 중 하나는 나폴레옹 황제 폐하의 형님이신 스페인의 호세1세 국왕의 입지도 생각해서입니다."

"아! 거기까지 생각했소?"

"예. 스페인에 캘리포니아는 별로 중요하지 않은 땅입니다. 그런 지역을 비싸게 매각한다면 호세1세 국왕의 위상도 높아지지 않겠습니까? 그리되면 영국이 지원하는 반군 세력도 자연스럽게 위축될 수밖에 없을 것이고요."

쾅!

탈레랑이 자신도 모르게 탁자를 내리쳤다.

그가 자리에서 벌떡 일어나서 소리쳤다.

"오 남작이 거기까지 생각하고 있다니 참으로 놀랍소이다! 만일 그대로만 된다면 우리 프랑스로서는 더없이 좋은 결과요!"

오도원이 슬쩍 물러섰다.

"너무 확신하지는 마십시오. 제가 드리는 말씀은 단지 예상이 그렇다는 것뿐입니다."

탈레랑이 고개를 저었다.

"아니요. 나폴레옹 황제의 가장 큰 근심은 스페인 반군이

오. 만일 영국과 손을 잡은 반군 세력을 주저앉힐 수만 있다면 우리는 무엇이라도 할 용의가 있소이다."

"아! 그렇습니까?"

"그러니 기다리시오. 우리 프랑스의 국익을 위해서라도 이번 일을 반드시 성사시켜 보리다."

"기대하고 있겠습니다."

탈레랑은 두 사람을 영빈관에 묵게 했다. 그러고는 다음 날 바로 나폴레옹과의 접견을 성사시켰다.

위대한 협상

접견은 황제의 집무실에서 이뤄졌다.

나폴레옹의 집무실은 사람을 압도할 정도로 화려했다. 그러나 경험이 많은 오도원은 당당히 나폴레옹에게 모자를 벗고서 정중히 인사했다.

"대한제국의 남작이며 황실 전용 무역 회사인 상무사 대표 오도원이 프랑스제국의 황제 폐하를 알현하옵니다."

나폴레옹은 오도원의 행동을 주시했다. 그러다 조금도 주눅 들지 않은 모습에 웃으며 답례했다.

"하하하! 어서 오시오. 짐이 통령이었던 시절 보고 처음이니 참으로 오랜만이오."

"감사합니다. 외신이 보기에 통령 시절보다 지금의 폐하

의 모습이 너무도 잘 어울리십니다. 황제의 즉위를 늦게나마
축하드리옵니다."

"고맙소. 귀국도 동양의 최강 제국인 청국을 박살 냈다고
들었소. 짐도 늦었지만, 귀국이 동양 최고의 나라가 된 것을
축하하오."

"감사합니다."

나폴레옹이 시몬스와도 인사를 나눴다. 그러고는 자리에
서 일어나 원탁의 의자를 권했다.

"자! 이리들 앉으시오."

"감사합니다."

네 사람이 원탁에 둘러앉았다. 대기하고 있던 시종이 홍차
를 탁자에 올렸다.

"그렇지 않아도 탈레랑 외상으로부터 미리 보고는 받았
소. 한국이 캘리포니아와 텍사스를 매입하고 싶다고요?"

"그렇습니다."

오도원이 전날 탈레랑과 나눴던 대화를 그대로 전했다.

나폴레옹이 큰 관심을 나타냈다.

"우리가 중재를 해 주면 정녕 통조림공장과 관련 기술 일
체를 넘겨주겠다고요?"

"그렇습니다."

나폴레옹이 고개를 끄덕였다.

그러던 그가 의외의 질문을 했다.

"우리 프랑스 육군은 최강이오. 그런 우리의 전투력이라면 해를 넘기지 않고 러시아를 점령할 수 있소이다. 그런 우리에게 겨울 대비를 하고 공략하라는 조언은 잘못된 거 아니오?"

오도원은 속으로 크게 놀랐다.

'아! 폐하의 말씀이 맞구나. 자존심이 강한 나폴레옹이 겨울 대비를 하라는 조언을 지적할 가능성이 높다고 하셨는데, 그 짐작이 맞았어.'

이런 생각을 하느라 오도원의 안색이 조금 바뀌었다.

그런 모습을 나폴레옹은 바로 지적했다.

"내 말이 불쾌하게 들렸소?"

오도원이 정색을 했다.

"아닙니다. 소신이 잠시 주저한 것은 우리 폐하께서 그에 관한 말씀을 하셨기 때문입니다."

이번에는 나폴레옹의 안색이 변했다.

"귀국의 황제가 그런 말을 했다고요?"

"그렇습니다. 우리 폐하께서는 러시아는 여느 유럽 제국과는 생각 자체가 다르다고 했습니다. 그와 같은 사실을 프랑스 황제께서는 감안하지 않을 거라는 말씀을 하셨습니다."

나폴레옹의 표정이 심각해졌다.

"러시아가 여느 유럽 국가와 다르다고요?"

"그렇습니다."

"무엇이 다르다는 거지요?"

"폐하께서는 '타타르의 멍에'라는 말을 아십니까?"

"그건 러시아가 과거 몽골의 지배를 받았던 기간을 말하는 거 아니오?"

"그렇습니다. 러시아는 250여 년이라는 긴 기간을 몽골제국의 지배를 받았었지요. 만일 킵차크한국이 분열하지 않았다면 몽골의 지배는 더 오래 이어졌을 겁니다. 그런 오랜 기간 지배를 받으면서 러시아의 성향도 유럽과는 많이 달라졌다고 합니다."

탈레랑이 큰 관심을 보였다.

"어떻게 달라졌다는 건가요? 동양처럼 바뀌었다는 건가요?"

"다른 것은 모릅니다. 그러나 단 하나, 전쟁에 임하는 자세는 유럽과 아주 달라졌다고 합니다."

"어떻게 말이오?"

"몽골은 초원 국가입니다. 그래서 적과 전쟁을 치르게 되면 가장 먼저 벌판을 불태웁니다."

"적에게 약탈당할 군량을 먼저 없앤다는 거로군요."

"그렇습니다. 그런 전술을 동양에서는 청야 전술이라고 하지요."

나폴레옹이 나섰다.

"전쟁이 벌어지면 러시아는 자신들의 손해를 감수하고 벌판부터 불태운다는 말이오?"

"그렇습니다. 프랑스와 러시아는 거리가 멉니다. 만일 양국이 전쟁을 벌였을 때 러시아가 밀밭을 모조리 불태우면 어떻게 되겠습니까?"

나폴레옹의 안색이 심각해졌다.

"그렇게 되면 군량의 자체 조달은 거의 불가능해지겠지요. 그러나 우리에게는 통조림이 있어서 그 정도의 난관은 능히 헤쳐 나갈 수 있어요."

"그렇습니다. 우리 대한제국도 청과의 전쟁에서 통조림을 적극 활용했었습니다. 그 결과 청국에 항복을 받아 내며 동양의 최강대국으로 거듭날 수 있었지요."

나폴레옹도 인정했다.

"맞는 말이오. 통조림은 전쟁을 위해 탄생한 물건이라고 해도 과언이 아니오."

"그렇게 봐주셔서 감사합니다. 그리고 가장 중요한 차이점이 있습니다."

오도원이 처음으로 질문했다.

"유럽은 수도가 함락되면 항복하지요?"

나폴레옹이 대답했다.

"당연하지요. 수도가 함락되면 전쟁은 그것으로 끝이오. 그런데 러시아는 다르다는 말이오?"

"그렇습니다. 러시아는 수도가 함락되었다고 해서 결코 항복하지 않을 겁니다."

나폴레옹의 눈이 더없이 커졌다.

"그게 사실이오?"

"그렇습니다. 동양 국가는 수도가 함락되었다고 해서 바로 항복하지 않습니다. 그리고 설사 군주가 잡혔다고 해도 다른 군주를 내세워서 끝까지 항전합니다."

나폴레옹은 처음 듣는 말이었다.

"아니, 수도가 함락되고 군주가 잡혔는데도 항복을 하지 않다니. 그러면 언제 항복한다는 말이오?"

오도원이 고개를 저었다.

"그래서 동양의 전쟁이 어렵습니다. 유럽은 봉건제도가 오래도록 시행되어 왔습니다. 그런 영향으로 수도가 곧 나라 전체를 의미합니다. 그러나 동양 국가는 다릅니다. 수도가 함락되고 군주가 잡혔더라도 국민의 항전 의지가 완전히 꺾여야만 전쟁이 끝납니다."

"하! 그런……."

나폴레옹의 얼굴에 처음으로 낭패한 기색이 어렸다.

오도원이 그런 나폴레옹을 위해 잠시 기다렸다 말을 이었다.

"러시아를 상대로 승리하려면 적어도 차르를 잡아야만 전쟁이 끝납니다. 그렇지 않고 수도인 모스크바를 점령했다고 안심했다간 총칼보다 더 무서운 동장군에 그대로 무너지게 됩니다."

개혁군주

나폴레옹이 침음했다.

"으음! 그래서 겨울 대비를 철저히 하라고 했던 거로군요."

"그렇습니다. 러시아는 영토가 넓습니다. 그런 러시아를 상대하려면 반드시 지금과는 다른 새로운 전략이 필요합니다."

나폴레옹이 심각하게 고심했다.

그러던 나폴레옹이 진심을 담아 인사를 했다.

"귀중한 정보를 알려 주어서 고맙소이다."

"하하하! 아닙니다. 저는 우리 황제 폐하께서 해 주신 말씀을 그대로 전달한 것뿐입니다."

나폴레옹이 큰 관심을 보였다.

"귀국의 황제는 어떤 분이시오?"

오도원의 대답이 주저 없이 나왔다.

"최고의 황제이십니다."

"최고의 황제요?"

"그렇사옵니다. 우리 대한제국이 지금처럼 된 것은 전적으로 황제 폐하 때문입니다."

나폴레옹이 큰 관심을 보였다.

"호오! 그렇습니까? 그렇게 생각하는 이유를 말해 줄 수 있겠습니까?"

"물론입니다."

오도원의 설명은 개혁 초기부터 시작되었다.

그는 지나온 과정을 비교적 상세하게 설명했다. 그 바람에 시간이 꽤 소요되었으나 모든 사람이 자세도 흐트러지지 않고 경청했다.

설명이 끝나자 나폴레옹이 탄성을 터트렸다.

"아아! 대단한 분이군요. 설명을 들으니 남작의 말이 이해가 됩니다."

오도원도 가만있지 않았다.

"나폴레옹 황제 폐하께서도 최고이십니다. 프랑스가 유럽 최강국이 될 수 있었던 것은 폐하의 탁월한 영도력 덕분임을 잘 알고 있습니다."

"하하! 그렇게 봅니까?"

"예, 그리고 프랑스 국민은 누구보다 폐하와 프랑스를 사랑합니다. 그런 애국심과 충성심이 있었기에 귀국의 오늘이 있다고 감히 생각합니다."

"고마운 말이군요."

나폴레옹이 탈레랑을 바라봤다.

"외상께서 스페인을 다녀오셔야겠습니다."

탈레랑의 안색이 환해졌다.

"폐하의 명이라면 당연히 다녀와야지요."

"고맙습니다. 짐이 친서를 써 줄 테니 호세 국왕에게 전달해 주세요. 그리고 돌아오실 때는 협상단과 함께 오도록 하세요."

"그렇게 하겠습니다."

나폴레옹이 오도원을 바라봤다.

"오 남작이 귀중한 정보를 주었습니다. 만일 우리가 이 정보를 알지 못했다면 아마도 큰 낭패를 봤을 것입니다. 그런 귀중한 정보를 그냥 얻는다는 것은 있을 수 없는 일이지요. 그래서 무언가 보답을 하고 싶은데 말씀해 보시오. 내가 보답으로 무엇을 해 주면 좋을지 말이오."

오도원이 먼저 고개를 숙였다.

"폐하께서 제 정보를 높게 인정해 주셔서 감사합니다. 저는 양국의 우호 증진을 위해 말씀을 드린 것인데 보답을 말씀하시니 뭐라 드릴 말씀이 없습니다."

나폴레옹이 고개를 저었다.

"아니요. 귀중한 정보는 그만큼 보답을 해 주어야 더 빛이 나는 법이오. 그러니 허심탄회하게 말씀을 해 보시오."

"음…… 그러면 이건 어떻습니까? 우리 황제 폐하께서는 유럽의 예술에 관심이 많으십니다. 그래서 유럽의 예술이 동양에 알려지는 것에도 많은 투자를 하고 있고요."

시몬스가 나섰다.

"맞습니다. 대한에서는 우리 유럽의 예술품을 계속 구매하는 중입니다."

나폴레옹이 놀랐다.

"오! 그래요?"

오도원이 대답했다.

"예, 그래서 드리는 말씀인데, 저희가 예술품을 구매하는데 도움을 주셨으면 고맙겠습니다."

"예술품 구매에 문제가 있소?"

"우리와는 직거래를 하지 않으려 합니다. 그래서 화란양행을 꼭 대리해야 하는 어려움이 있습니다."

나폴레옹이 즉석에서 해결책을 내놓았다.

"알겠소. 유럽 어디에서도 자유롭게 예술품을 매입할 수 있는 허가증을 만들어 주겠소. 나의 허가증을 갖고 있다며 예술품 구매에 한결 도움이 될 것이오."

"배려해 주셔서 감사합니다."

"그 정도는 아무것도 아니오. 혹시 더 필요한 것은 없소?"

오도원이 고개를 저었다.

"그 정도만 해도 충분합니다."

"그러면 내가 미안한데……."

이러던 나폴레옹이 놀라운 제안을 했다.

"이렇게 합시다. 근위사단 장병 열 명을 특별히 차출해 특별히 주겠소. 그리고 유럽 어디라도 갈 수 있는 통행증도 발급해 주겠소. 그래서 나의 근위사단 장병과 함께 예술품을 구매하면 아마도 좋은 성과를 거둘 수 있을 거요."

오도원이 놀랐다.

"근위사단은 폐하의 호위 병력입니다. 그런 병력을 우리 업무에 투입해 주셔도 되옵니까?"

나폴레옹이 크게 웃었다.

"하하하! 걱정 마시오. 근위사단에서도 최정예로 선발해 주겠소. 그들은 나의 충성스러운 장병들이어서 그대들의 예술품 수집 업무에 적극 협조할 것이오."

오도원이 사양하지 않았다.

"감사합니다. 그러면 그들을 저희뿐만 아니라 화란양행 직원과 함께해도 되겠는지요."

나폴레옹이 어깨를 으쓱했다.

"그건 알아서 하시오. 병사를 내준 이상 어떻게 활용하는지는 그대들의 몫이요."

"감사합니다."

일이 원만히 흐르자 모두가 흡족해했다.

오도원은 나폴레옹과 잠시 한담을 나누고는 궁을 나왔다.

마차를 타자마자 시몬스가 입을 열었다.

"대단하십니다."

"무엇이 대단하다는 말씀인가요?"

"나폴레옹과 대화를 하면서 남작께서는 조금도 위축되지 않았습니다. 그러면서 생각지도 않은 호의까지 받게 되고요."

"나폴레옹이 친위병력을 붙여 준 것 말입니까?"

"그렇습니다. 아마도 나폴레옹에게 그런 호의를 받은 사람은 오 남작이 처음일 것입니다."

오도원이 싱긋이 웃었다.

"그렇군요. 나는 그를 설득하려 하지 않았습니다. 단지 그의 야욕을 적절히 이용했을 뿐입니다."

"그래도 대단합니다. 나폴레옹은 예술품 수집을 광적으로 좋아합니다. 그런 나폴레옹이 병사까지 붙여 주면서 협조해 줄 줄 몰랐습니다."

"아마도 제가 그의 심리를 자극했나 봅니다. 그와 대화를 나누다 보니, 그는 대단히 자기애가 강한 사람이더군요. 아울러 영웅으로서의 자부심도 대단하고요."

"맞습니다. 나폴레옹 정도의 인물이면 당연히 자기애가 강할 수밖에 없지요. 어쨌든 예술품 수집을 하는 데 큰 도움이 되겠습니다."

오도원이 희망을 피력했다.

"예, 이제부터는 본격적으로 예술품 수집에 나서야겠습니다. 우리 폐하께서는 예전부터 유럽 예술품을 모아 대형 전시관을 만들고 싶어 하셨습니다. 이번 나폴레옹의 호의가 그런 우리 폐하의 바람에 아주 큰 도움이 될 거 같습니다. 그러기 위해서는 화란양행의 도움이 절실하고요."

시몬스도 즉석에도 동조했다.

"당연히 도와드려야지요. 유럽에서 전쟁이 10여 년 이상 지속되고 있습니다. 이러한 시기를 잘만 이용하면 좋은 물건을 대량으로 구매할 수 있을 겁니다."

"그렇게 되었으면 좋겠습니다."

"우선은 최고의 예술품 감정 전문가부터 여럿 수배해야겠습니다."

"그렇게 해 주십시오. 필요한 경비는 언제라도 지급할 수 있도록 준비해 놓겠습니다."

"알겠습니다."

❀

일은 일사처리로 진행되었다.

나폴레옹의 명을 받은 탈레랑은 즉각 스페인으로 넘어갔다. 그리고 나폴레옹의 친서를 전하고서 호세1세의 매각 동의를 받았다.

호세1세는 나폴레옹과 형제라는 이유만으로 나폴리 국왕에 이어 스페인 국왕이 되었다. 그러한 국왕의 즉위를 스페인 국민은 격렬히 반대했다.

단초를 제공한 것은 스페인 왕실 내분이다. 나폴레옹은 스페인 왕실 내분을 빌미로 일방적으로 국왕을 폐위시키며 형을 왕위에 앉혔다.

스페인 국민이 이를 용납하지 않았다.

지금은 이류 국가로 전락한 스페인이다. 그러나 한 때는 무적함대를 이끌며 천하를 호령했던 나라다.

그런 나라가 프랑스 속국으로 전락한 것도 스페인 국민으로서 치욕이었다. 그런 민심을 도외시한 나폴레옹은 국왕을 폐위하고 자신의 형을 새로운 군주로 삼은 것이다.

스페인 민심이 폭발했다.

이런 민심에 불을 끼얹은 건 영국이었다. 영국은 노골적으로 병력을 보내 스페인 반군을 지원했다.

초기에는 반군이 세력을 급격히 불리며 프랑스를 압박했다. 그러다 나폴레옹이 대륙봉쇄령을 일찍 풀면서 전황은 프랑스로 기울기 시작했다.

이 시기에 오도원이 프랑스를 방문한 것이다.

대한의 캘리포니아 매입 제안은 곧바로 유럽 전역의 이슈가 되었다.

대한은 루이지애나 매입과 개척을 통해 북미에 확고한 영역을 구축해 나가고 있었다. 더구나 화란양행이 위탁 경영하고 있는 뉴올리언스가 신대륙 이민의 대안으로 급격히 떠오르고 있었다.

이런 상황에서 대한이 다시 캘리포니아와 텍사스 매입을 들고나온 것이다.

유럽에서 두 지역이 어디에 붙었는지 모르는 사람이 태반이다. 당사자인 스페인도 두 지역은 거의 버려두고 있었다.

그럼에도 매입 제안이 이슈가 될 정도로 대한제국의 위상이 과거와 달라졌다.

소식은 영국에도 알려졌다.

런던의 다우닝가에는 영국 정부 각 부서가 몰려 있다.

그중 10번지에 있는 총리공관으로 세 명이 모였다. 이들은 스펜서 퍼시벌(Spencer Perceval) 영국 총리와, 육군 식민지장관 로버트 뱅크스 젠킨슨(Robert Banks Jenkinson) 백작, 그리고 외무상인 리처드 웰즐리(Richard Wellesley) 후작이었다.

총리가 먼저 입을 열었다.

"두 분께서는 동양에 있는 한국이 북미의 스페인 영토를 매입하려 한다는 소문을 들었을 겁니다."

두 사람이 동시에 고개를 끄덕였다.

퍼시벌 총리의 말이 이어졌다.

"지금 스페인 상황이 별로 좋지 않습니다. 외상의 동생인 아서 웰즐리 장군의 분전으로 포르투갈은 다행히 독립시켰습니다. 그러나 프랑스가 발 빠르게 대륙봉쇄령을 풀면서 전황이 우리에게 좋지 않게 흐르고 있어요. 이런 상황에서 매각 소식이 들려왔네요."

웰즐리 후작이 아쉬워했다.

"안타깝네요. 절묘한 시기에 한국이 나섰습니다. 지금의 프랑스의 기세라면 포르투갈을 방어하는 일도 쉽지가 않습니다."

"그러게 말입니다."

육군 식민지장관 젠킨슨이 나섰다.

"매각이 체결되지 않도록 막아야 합니다. 지금 같은 상황에서 스페인 왕실에 거액의 매각 대금이 들어간다면 전황은 더 좋지 않게 됩니다."

스펜서 퍼시벌 총리가 고개를 저었다.

"쉽지 않습니다. 어쨌든 지금의 스페인 국왕은 호세1세입니다. 그리고 매각 대금이 루이지애나의 두 배인 3천만 달러라고 합니다. 막을 방법도 쉽지 않지만, 명분도 없습니다."

젠킨슨 장관이 주먹을 움켜쥐었다.

"젠장. 나폴레옹이 갑자기 대륙봉쇄령을 풀면서 상황이 계속 이상하게 꼬여만 갑니다. 가뜩이나 상황이 좋지 않은데 생각지도 않은 한국이 끼어들면서 문제가 더 커져 버렸습니다."

"그러게 말입니다."

젠킨슨이 웰즐리를 바라봤다.

"후작님께서는 인도에 계셨을 때 한국과 거래를 하셨다고 하지 않았나요?"

"그렇습니다. 이번에 프랑스에 온 오도원 남작과도 안면이 있습니다."

"아! 한국도 우리처럼 작위 제도가 있나 보군요."

"예, 이전에 제가 만났을 때는 그저 황실 무역 회사의 부대표였을 뿐입니다. 그러다 이번에 그간의 공을 인정해 남작이 되었다고 하더군요. 뉴올리언스 근처에 영지도 하사받았고요."

젠킨슨의 눈이 커졌다.

"영지를 받았다면 정식 귀족이 되었네요. 외상 각하께서 한국의 특사와 안면이 있다면, 사람을 보내 그를 설득해 보면 안 되겠습니까? 매각 협상을 잠시만이라도 보류해 달라고요."

웰즐리 후작이 고개를 저었다.

"미안하지만 어렵습니다. 이번에 온 한국 특사는 황제의 특명을 받았다고 합니다. 그런데 제가 아는 오 남작은 철저한 애국자입니다. 특히 황제에 대한 충성심은 남다르고요."

"그러면 우리로서는 달리 방법이 없겠네요."

"아마도 그렇게 될 가능성이 높습니다."

총리가 씁쓸해했다.

"나폴레옹의 기가 더 살아나겠어요."

"하아!"

"후!"

두 사람이 한숨을 내쉬었다.

그런데 이때, 스펜서 퍼시벌 총리가 의외의 발언을 했다.

"이번 매각이 우리에게 꼭 나쁘다고만 볼 필요는 없습니다. 우리가 스페인을 도와주는 건 나폴레옹의 발목을 잡기 위함입니다. 이번 매각으로 스페인에서의 우리 계획이 차질을 빚겠지만, 그렇다고 걷잡을 수 없을 정도로 밀리지는 않을 겁니다. 반면에 북미에서는 오히려 큰 도움이 됩니다."

젠킨슨이 의아해했다.

"도움이 된다고요?"

"그래요. 한국이 북미에서 영향력이 커지면 커질수록 미국의 입지는 줄어듭니다. 그렇게 되면 북미에서의 본국 위상이 그만큼 단단해지는 효과를 거둘 수 있을 겁니다."

젠킨슨 장관이 우려했다.

"한국의 위상이 너무 커지면 우리에게도 위협이 되지 않겠습니까? 허드슨사의 보고에 따르면 한국은 우리가 영토로 선포했던 밴쿠버 지역에도 진출해 있다고 합니다. 저는 이번 기회에 그 문제를 한국에 강력히 항의해야 한다고 생각합니다."

웰즐리 외상이 만류했다.

"그렇게 하지 않는 게 좋습니다. 한국은 우리도 상대하기 어려운 청나라를 영토의 절반까지 빼앗으며 굴복시킨 나라입니다. 그뿐만 아니라 송나라와 대리국의 독립도 지원할 정도로 강국입니다."

"그렇다는 말은 들었습니다. 그러나 그건 동양 국가끼리의 전쟁이어서 가능했던 거 아닙니까?"

웰즐리가 고개를 저었다.

"전혀 그렇지 않습니다. 정보에 따르면 한국은 최신예 소총과 사거리가 긴 대포를 보유하고 있다고 합니다. 거기에 병력도 정규군이 50만에 당장 전력화할 예비군도 50만이라고 합니다. 그래서 청이 두 번에 걸쳐 각각 100여 만을 동원했음에도 거의 몰살되면서 패전했다고 합니다."

젠킨슨의 눈이 커졌다.

"100여 만을 몰살시켰다고요?"

"그렇습니다."

젠킨슨이 믿으려 하지 않았다.

"에이! 아무리 한국군의 전투력이 좋다고 해도 어떻게 백만을 몰살시킨단 말입니까? 아무래도 소문이 너무 과장된 거 같습니다."

"그럴 수도 있겠지요. 그러나 그만큼 한국군의 전투력이 상당한 것만은 분명합니다. 더구나 그들의 해군력도 막강하다는 소문이고요."

이 점은 젠킨슨도 인정했다.

"그렇기는 하겠지요. 사거리가 긴 대포를 함포로 사용한다면 그만큼 해전에서의 전투력은 급상승할 테니까요. 그렇다고 해서 밴쿠버를 저들이 강점하고 있는 사실을 인정할 수는 없지 않습니까?"

웰즐리 외상이 고개를 저었다.

"솔직히 지금의 우리로서는 마땅히 대응할 방안이 없습니다. 그 지역은 허드슨사에 개척이 위임되어 있습니다. 그런데 허드슨사의 전투력이라고 해 봐야 병력 1~2천 정도가 고작입니다. 그것도 제대로 훈련을 받지 않은 민간인 포수고요. 그렇다고 미국과 사이가 좋지 않은 지금 정규군을 태평양 방면으로 보낼 수도 없고요."

젠킨슨이 한숨을 내쉬었다.

"하! 이거 큰일이군요. 이대로라면 미국이 플로리다를 야금야금 먹어 들어가듯 태평양 방면을 한국에 넘겨주는 날이

오겠습니다."

스펜서 퍼시벌 총리가 나섰다.

"그렇게 되지 않게 해야지요. 그리고 설령 넘겨주더라도 그만한 대가를 받아야 하고요."

젠킨슨의 눈이 커졌다.

"총리 각하께서는 태평양 지역을 포기할 생각까지 하고 계시는 겁니까?"

"현실을 직시할 필요가 있습니다. 솔직히 우리에게 북미의 태평양 방면은 크게 중요하지 않아요. 그래서 민간회사에 개척과 관리를 위임해 놓은 것이고요. 그보다 나는 미국을 견제하기 위해서라도 한국과의 유대를 공고히 해야 한다고 생각합니다."

웰즐리가 적극 동조했다.

"현명한 판단입니다. 인도 총독을 역임하면서 저는 한국에 대한 정보를 입수해 왔었습니다. 그런 정보를 바탕으로 판단한다면 한국과는 반드시 우호를 증진해야 합니다. 그래야 우리가 인도를 완전히 장악하는 데 도움이 됩니다. 아울러 동양의 다른 지역으로의 진출에도 도움이 되고요."

총리와 외상의 생각이 일치했다. 그러자 육군 식민지장관인 젠킨슨도 한발 물러섰다.

"두 분이 한국과의 우호 증진이 국익에 도움이 된다고 생각하신다면 그게 맞겠지요. 그러려면 이번 스페인의 영토 매각에는 우리가 개입하지 말아야겠습니다."

총리가 고개를 끄덕였다.

"그게 좋겠습니다. 그 대신 이번 기회를 이용해 한국의 특사를 은밀히 만나 봤으면 합니다."

"한국 특사를요?"

"그렇습니다. 우리는 지금까지 한국과 정식 대화를 해 본적이 없습니다. 그래서 이번 기회를 이용해 그들과 대화를 나눠 보고 싶군요."

"그렇게 하실 필요가 있습니까?"

"물론입니다. 당장은 아시아에서의 공조입니다. 동양 최강국으로 부상한 한국은 우리와 필연적으로 만나게 되어 있습니다. 더구나 한국이 이번 협상에 성공한다면 북미 지역에서 미국보다 넓은 영토를 확보하게 됩니다. 그래서 나는 이번 기회에 교류를 하는 게 좋다고 생각합니다. 아울러 개항에 대한 의견도 물어볼 필요가 있고요."

웰즐리 후작이 적극 동조했다.

"좋은 생각입니다. 제가 만나 본 오도원 남작은 상당히 합리적인 인물입니다. 총리께서 그런 오 남작과 대담을 한다면 아마도 우리의 행보에 큰 도움이 될 것입니다."

"외상께서 그런 말씀을 하시니 더 만나 보고 싶군요."

젠킨슨이 의구심을 나타냈다.

"그런데 한국 특사가 우리를 만나려고 할까요?"

웰즐리가 주저 없이 대답했다.

"당연히 만나줄 겁니다. 화란양행이 대신하지만, 한국은 우리와 상당히 많은 교역을 하고 있지요. 다수의 학자와 기술자들도 한국으로 넘어가 있고요. 교역과 기술자 초빙을 위해 화란양행이 런던에다 직원을 주재시키고 있고요."

"아! 맞습니다."

"한국도 우리와의 만남을 바라고 있을 겁니다."

총리도 동조했다.

"저도 그렇게 생각하고 있습니다. 동양에서 한국처럼 적극적으로 대외 교역을 하는 나라는 없습니다. 더구나 신대륙 진출은 과거라면 상상도 할 수 없는 일이고요. 그런 한국이라면 분명 우리와 좋은 관계를 유지하고 싶어 할 겁니다."

땡!

총리가 책상에 놓인 종을 쳤다.

그 소리를 들은 비서가 들어왔다. 스펜서 퍼시벌 총리는 그 자리에서 자필로 편지를 썼다.

"지금 즉시 이 편지를 화란양행으로 전달하라."

"알겠습니다."

지시를 받은 총리 비서는 그 즉시 화란양행 런던사무소로 사람을 보냈다.

총리의 편지를 받은 화란양행 주재원은 곧바로 총리공관으로 달려왔다.

개혁군주

다우닝가 10번지

다우닝가 10번지를 찾은 화란양행 주재원은 영국 총리로부터 한 장의 서신을 받았다. 오도원의 영국 방문을 바란다는 초대장이었다.

초대장을 받은 화란양행 주재원은 곧바로 항구로 달려갔다. 그리고 부두에 정박한 배를 타고 네덜란드 암스테르담으로 넘어갔다.

암스테르담에는 화란양행 본사가 있다.

런던 주재원은 영국 총리의 친서를 본사에 제출했다. 화란양행에서는 파리로 급히 사람을 파견해 영국 총리의 친서를 전달했다.

친서를 받아든 오도원은 황당했다.

"이게 무슨 상황인지 모르겠습니다. 영국 총리가 무슨 일로 나를 초대한 걸까요? 혹시 우리가 이번에 계획한 매입을 반대하려는 것일까요?"

시몬스가 고개를 저었다.

"그렇지는 않을 겁니다. 만일 영국이 이번 일을 반대한다면 친서에 먼저 그런 내용을 적시했을 겁니다. 그런데도 단순히 초대한다는 친서를 보냈다는 건 호의가 분명합니다."

오도원이 인정했다.

"그렇겠네요. 남작님의 말씀대로 악의가 있었다면 친서에 경고나 다른 말을 썼겠지요. 아마도 북미에서 우리의 향후 행보와 관련해서 확인하고 싶은 게 있나 봅니다."

"그럴 거 같습니다. 혹시 그에 대해 황제 폐하께서 따로 말씀하신 것이 있나요?"

"아니요. 없습니다."

"흐음! 그러면 지금부터 고심을 해 봐야겠군요. 스페인에서 협상단이 오려면 며칠은 더 있어야 하니 말입니다."

"그래야겠습니다."

　　　　　　　　　❋

며칠 후.
스페인의 협상단이 도착했다.

나폴레옹이 개입된 협상이었다. 더구나 반군의 시달림을 받고 있던 스페인 왕실은 재정 확보가 아쉬운 상황이었다. 협상은 시작부터 이러한 이해관계가 맞물려 쉽게 진행되었다.

　그러나 국경선 결정이 문제가 되었다.

　텍사스 방면은 리오그란데강이 있어 쉽게 결정되었다. 그러나 캘리포니아 방면은 대부분이 산지여서 어디로 정하냐는 문제가 발생했다.

　대한은 캘리포니아반도까지를 전부 넘겨받기를 원했다. 그러나 스페인은 원주민이 많은 지역이라는 이유로 난색을 보였다.

　그 때문에 며칠의 시간을 허비했다. 그럼에도 이견이 좁혀지지 않자 나폴레옹까지 나서서 샌디에이고 요새를 경계로 국경이 결정되었다.

　대한도 양보만 하지는 않았다.

　훗날의 국경분쟁에 대비해, 샌디에이고 아래쪽의 가장 높은 지형을 경계로 삼기로 했다. 국경선을 기준으로 양쪽으로 5킬로미터씩의 안전지대도 설정하기로 했다.

　스페인도 여기에는 동조했다.

　그 바람에 국경선이 샌디에이고 남쪽으로 수십 킬로미터나 내려가게 되었다. 분명한 국경선을 확정하기 위해 양국이 관리를 파견하기로 했으며, 프랑스도 중재자로 관리를 보내기로 협의했다.

협상이 완료되자 그 자리에서 협정문이 작성되었다. 협정문에는 양측의 전권대표와 프랑스와 화란양행이 각각 날인했다.

이어서 오도원은 네덜란드투자은행의 수표를 발행했다. 이 은행은 상무사가 화란양행과 공동출자로 설립했으며, 본사는 암스테르담에 있었다.

중재의 대가로 통조림공장에 대한 권리 일체를 프랑스 정부에 제반 기술도 전부 넘겼으며, 탈레랑에게는 약속대로 이전과 똑같은 금액의 은화를 사례비로 지급했다.

프랑스에서의 일정이 모두 끝났다.

파리를 떠나기 전날 탈레랑은 자신의 관저에서 송별연을 열었다. 송별연에는 프랑스 각료 대부분과 파리에 주재하는 외교관들이 대거 참여했다.

오도원은 많은 사람과 인사를 나누며 안면을 텄다. 참석자들은 대한제국이 동양에서 최강국이 되었다는 사실을 이미 알고 있었다.

더구나 화란양행을 통해 대한제국의 다양한 공산품과 의약품을 접하고 있었다. 그래서 사람들은 대한제국에 대한 정보를 조금이라도 입수하려고 오도원의 곁을 수시로 맴돌았다.

오도원은 참석자들에게 나름대로 친절을 베풀면서 설명해 주었다. 그 바람에 연회가 끝날 때까지 오도원의 주변은 사람들로 북적였다.

다음 날.

오도원은 탈레랑의 환대를 받으며 파리를 떠나 암스테르담으로 넘어갔다.

이즈음 네덜란드는 정치적으로 최악의 상황이었다.

1793년 프랑스의 침략을 받은 네덜란드는 프랑스의 속국으로 전락했다. 처음 바타비아공화국이 세워졌다가 연방제를 거쳐 홀란드왕국이 되었다.

그러나 나폴레옹이 동생인 루이 국왕을 폐위시키면서 이조차 종말을 맞았다. 그로 인해 네덜란드는 지금 프랑스에 병합되어 있었다.

그러나 경제적으로는 달랐다.

네덜란드는 본래부터 상업이 발달했다. 동인도회사도 일찍 만들었으며, 포르투갈과의 경쟁에서 이겨 향신료를 독점하면서 막대한 부를 축적해 왔다.

그러다 프랑스의 침략으로 동인도회사가 문을 닫으면서 잠시 위축되었다. 그러나 화란양행의 적극적인 교역 활동으로 지금은 과거의 성세를 완전히 되찾았다.

오도원은 암스테르담에서 며칠을 머물렀다.

합작은행도 방문하였고 상무사가 직접 투자할 여건도 살폈다. 그러고는 예술품 감정 전문가도 여럿 채용해 본격적인 예술품 수집에 나섰다.

그러고는 시몬스와 런던으로 건너갔다.

런던에 도착한 오도원은 곧바로 다우닝가 10번지로 안내되었다. 총리관저 접견실에는 총리를 포함한 세 사람이 기다리고 있었다.

오도원이 먼저 인사했다.

"처음 뵙겠습니다. 대한제국 황실 무역 회사인 상무사의 대표이며 남작인 오도원입니다."

스펜서 퍼시벌 총리가 환대했다.

"어서 오시오, 나는 영국의 총리를 맡은 스펜서 퍼시벌이오."

이어서 다른 사람들과도 인사를 나누고는 원탁에 둘러앉았다. 대담은 홍차를 마시면서 진행되었다.

웰즐리 영국 외상이 먼저 나섰다.

"이번에 스페인과 북미 지역 할양 협정을 체결한다는 보고를 받았습니다. 어떻게 협상은 잘 진행되었습니까?"

오도원이 고개를 끄덕였다.

"그렇습니다. 다행히 양국의 이해관계가 맞아떨어져 쉽게 합의를 볼 수 있었습니다."

"북미는 한국에서 태평양을 건너야 합니다. 그런 북미에서 세력을 키워 나가다니 실로 놀랍습니다."

영국 총리의 심리 저간에는 동양 국가를 은근히 낮춰 보는 경향이 깔려 있었다.

수많은 사람을 상대해 왔던 오도원은 일부러 몸을 더 낮췄다.

"좋게 봐주셔서 감사합니다. 본국은 프랑스로부터 루이지애나를 매입한 이후 북미 개척에 주력해 왔었습니다. 그런 노력이 좋은 결실을 거두면서 100여만 명이 이주할 수 있었지요."

영국 측 인사들이 깜짝 놀랐다.

은근히 대한을 깔보려던 영국 총리의 놀라움은 더 컸다. 그래서인지 그가 한 번 더 확인했다.

"귀국이 루이지애나를 매입한 지 이제 겨우 10여 년입니다. 그 짧은 기간에 무려 100여 만이나 이주를 했다고요?"

"그렇습니다."

"믿을 수가 없습니다."

오도원이 크게 웃었다.

"하하하! 총리 각하의 말씀에 어폐가 있습니다. 내가 무엇 때문에 이 자리에서 거짓을 말하겠습니까? 그래 봤자 아무 실익도 없는 일인데요."

"그렇기는 하지만……."

웰즐리 외상이 바로 나섰다. 그는 인도에서 오래 근무했기 때문에 대한제국에 대한 정보가 누구보다 많았다.

"대단하군요. 귀국이 북미 개척에 공을 들이는 사실은 오래전부터 알고 있었습니다. 그런데 그렇게 많은 주민을 보냈을 줄은 몰랐네요."

"모두가 화란양행의 전폭적인 도움 덕분이지요."

오도원이 화란양행과의 협조 내용을 차분히 설명했다.

웰즐리는 연신 고개를 끄덕이며 놀라워했다.

"이주 계획이 치밀하게 진행되고 있군요. 우리 영국도 전세계로 이주민을 많이 보내고 있지만, 국가 차원에서 이주계획을 세운 경우는 없었습니다."

영국 총리도 동조했다.

"맞습니다. 우리는 있다고 해 봐야 죄수 정도입니다. 그런데 귀국은 주민들의 이주를 국가가 주도하고 있었군요."

오도원이 상황을 설명했다.

"본국은 본래 이웃 마을도 잘 가지 않을 정도로 정적이고 폐쇄적인 사회였습니다. 그런 국민의 성향으로 인해 자발적인 이주는 쉽게 생각할 수 없었지요. 그래서 국가가 나설 수밖에 없었는데, 다행히 큰 성과를 거두는 중입니다."

"그렇다면 청나라로부터 얻은 영토에도 많은 국민이 이주했겠습니다."

오도원이 고개를 끄덕였다.

"그렇습니다. 지금까지 대략 이삼백만을 이주시킨 것으로 알고 있습니다."

영국 총리의 눈이 더없이 커졌다.

"아니, 청나라와 전쟁이 끝난 지가 언제인데 그렇게 많은 사람을 이주시켰단 말입니까?"

"우리는 청국과의 전쟁 한참 전부터 이주 계획을 세워 두었습니다. 그래서 단기간에 많은 숫자를 이주시킬 수 있었지요. 그 바탕에는 황실에 대한 국민의 전폭적인 신뢰가 있었기에 가능했고요. 토지 분배와 사전 교육도 큰 역할을 담당했고요."

영국 총리가 잠시 고개를 흔들었다.

"들을수록 놀라운 말뿐이군요. 그런데 귀국의 인구가 얼마나 되기에 그렇게 많은 주민을 이주시킬 수 있었던 것이지요?"

"저는 확실하게 잘은 모릅니다. 대략 본토 인구는 2,500만 정도로 알고 있습니다. 새로 합병된 지역은 2천만 정도이고요."

영국의 인구가 천만이 넘어가는 시점이었다. 그랬기에 영국 인사들은 서로를 보며 놀라워했다.

"4,500만이라니요. 생각보다 귀국의 인구가 많군요."

"하하! 우리는 아무것도 아닙니다. 청과 송이 분리되었지만 양국의 인구를 합하면 3억이 넘습니다."

이번에는 더 놀랐다.

"3억이나 된다고요?"

"그렇습니다. 청나라가 조사한 자료에 입각한 숫자이니 확실할 겁니다."

웰즐리가 탄성을 터트렸다.

"이야! 역시 대국이군요. 인도의 인구도 아직 그 절반 정도가 되지 않는데 3억이라니요. 유럽 인구를 다 합쳐도 그보다 작겠습니다."

영국 총리도 인정했다.

"그 말이 맞아요. 정말 놀라운 숫자로군요. 솔직히 상상이 되지도 않아요."

오도원도 인정했다.

"우리도 마찬가지였습니다. 처음 청나라의 자료를 보고는 많이 놀랐었으니까요."

육군 식민지장관 젠킨슨이 나섰다.

"귀국은 그런 청나라를 상대로 압승을 거뒀다고 들었습니다. 소문에 의하면 귀국의 화기는 우리보다 뛰어나다고 하는데, 맞습니까?"

오도원이 바로 물러섰다.

"죄송합니다. 군사 부분에 대해서는 기밀 사항이라서 여기서 논의하기가 적절히 않은 거 같습니다."

젠킨슨이 아쉬워했다.

"기왕이면 좋은 대화를 나누고 싶은데, 기밀 사항이라니 아쉽지만 어쩔 수 없네요. 그런데 귀국은 청나라와의 전쟁에서 막대한 영토를 얻은 것으로 알고 있습니다. 그런 귀국이 구태여 북미 지역 영토를 더 얻을 필요가 있습니까?"

"단기간에 많은 주민이 이주했습니다. 그러다 보니 스페인의 캘리포니아 지역과 텍사스로도 적지 않게 넘어갔고요. 본국이 파악한 숫자가 10여 만이나 되었습니다."

젠킨슨의 눈이 커졌다.

"그렇게나 많은 숫자가 넘어갔다고요? 귀국이 일부러 유도하지 않았다면 결코 있을 수 없는 숫자입니다."

오도원이 부정도 긍정도 안 했다. 그 대신 현지 상황을 상세히 설명하는 것으로 대답을 대신했다.

"……그래서 이번에 스페인과 협상을 하게 된 것입니다."

"그 정도면 권리를 주장해도 될 텐데요. 뭐 하러 그 많은 금액을 주면서 매입을 합니까?"

오도원이 싱긋이 웃었다.

"뭐, 미국처럼 플로리다를 야금야금 먹어치울 수도 있겠지요. 그러나 우리 황제 폐하께서는 분명한 것을 좋아합니다. 그래서 스페인과의 협상을 하게 되었고, 다행히 좋은 성과를 거둘 수 있었지요."

웰즐리 외상이 놀랐다.

"귀국이 플로리다에 대한 정보도 갖고 있을 줄 몰랐습니다."

시몬스가 나섰다.

"우리 화란양행은 대한의 위임을 받아 뉴올리언스를 관리해 오고 있습니다. 세 분도 아시겠지만, 뉴올리언스는 플로리다 서부와 붙어 있습니다. 그래서 누구보다 플로리다에 대한 정보를 빨리 입수할 수 있지요."

웰즐리가 크게 고개를 끄덕였다.

"그렇군요. 어쩌면 우리보다 더 빨리 정보를 입수할 수도 있겠네요."

"그렇습니다. 그리고 대한제국의 역참 제도가 그 어느 나라보다 뛰어난 것은 아십니까?"

웰즐리의 고개가 저어졌다.

"모릅니다."

오도원이 설명했다.

"우리 대한제국의 영토는 여러분이 생각하는 이상으로 넓습니다. 그런 영토를 제대로 통치하기 위해서는 원활한 교신 수단이 필수이지요. 그래서 우리는 일정 거리마다 역참을 둡니다. 그런 역참 덕분에 뉴올리언스의 소식을 사나흘이면 태평양 연안의 군정장관이 받아 볼 수 있지요."

웰즐리의 눈이 더없이 커졌다.

"뉴올리언스에서 태평양까지 거리가 얼마인데 사나흘이면 도착할 수 있단 말입니까? 본관이 알기로 북미 대륙의 중앙 평원과 태평양 연안 사이에는 거대한 산악 지대가 있다고 하던데요. 그런 산악 지대도 역참을 설치했단 말입니까?"

"역참뿐이 아닙니다. 우리 대한의 토목 기술은 상당히 발달해 있지요. 그런 기술력을 바탕으로 우리는 캘리포니아와 뉴올리언스를 잇는 2개의 도로를 개통했습니다. 그것도 골재로 포장된 도로를요. 덕분에 역마가 수천 킬로미터를 사나흘 만에 주파할 수 있답니다."

"놀랍군요. 벌써 대서양과 태평양을 잇는 포장도로를 만들었다니요. 그것도 2개씩이나요."

"북미는 넓습니다. 그래서 지금은 2개지만, 이번에 영토조

약이 체결되었으니 앞으로 3개는 더 만들 계획이지요."

영국 총리의 표정이 심각해졌다.

"그런 대공사를 하려면 막대한 예산이 투입되어야 합니다. 그런데도 3개를 더 만든단 말입니까?"

오도원은 주저 없이 대답했다.

"그 정도는 충분히 감당할 수 있습니다. 우리 황제 폐하께서는 국가 발전을 위해서는 도로 개설이 먼저 되어야 한다고 늘 말씀하셨습니다. 그래서 몇 년 전에 청국으로부터 수복한 지역에도 도로부터 개설했지요. 그렇게 개설된 도로는 전부 포장했고요."

"……."

영국 인사들은 잠시 말을 못 했다.

이들은 서양에 대한 우월감이 누구보다 큰 사람들이었다. 그래서 대한제국도 동양에서 군사력이 조금 뛰어난 나라 정도로만 생각했다.

그것도 청나라를 굴복시킨 점 때문에 어느 정도 인정하고는 있었다. 그러나 그도 동양에서 일어난 일로 크게 염두에 두지는 않았다.

그리고 자신들이 군사력을 집중한다면 제압이 가능할 거라는 생각을 해 왔다. 그런데 대화를 나눌수록 자신들이 오판하고 있다는 걸 느끼지 않을 수 없었다.

대한의 국력은 자신들의 예상 이상이었다. 더구나 북미에서 엄청난 거리의 도로 개설은 자신들도 지금껏 생각하지 못한 규모의 공사였다.

오도원은 갑작스러운 침묵에 어리둥절했다. 그러나 세 사람의 속내를 짐작하고는 기다려 주었다.

영국 총리가 침묵을 깼다.

"귀국의 국력이 생각보다 대단하군요."

오도원이 적당히 물러섰다.

"좋게 봐주셔서 감사합니다."

"아닙니다. 솔직히 우리도 북미에서 귀국처럼 수천 마일 (Mile)의 도로를 개설할 생각은 하지 못하고 있습니다."

웰즐리도 거들었다.

"맞는 말입니다. 우리가 귀국에 대해 너무 모르고 있었습니다."

웰즐리가 오도원을 바라봤다.

"우리가 오 남작을 뵙자고 한 것은 지금과 같은 문제를 없애기 위해섭니다. 우리 영국은 귀국과 선린 우호 관계를 맺고 싶습니다."

오도원이 난색을 보였다.

"귀국의 사정은 잘 알겠습니다. 그러나 본국은 지금 당장 개항할 입장이 아닙니다. 그러니 정식 수교는 잠시 기다려 주셔야겠습니다."

"불원간 개항을 한다는 말씀입니까?"

"정확한 일정은 말씀드리지 못하겠습니다. 그러나 오래지 않아 개항한다는 점은 분명히 말씀드릴 수 있습니다."

"귀국의 입장이 그러니 재촉할 수는 없겠지요. 그런데 문제가 하나 있습니다."

"그게 무엇이지요?"

"귀국의 북미 진출은 우리 영국도 환영하는 바입니다. 그러나 귀국은 본국이 먼저 진출한 밴쿠버 일대를 강점하고 있다고 하더군요."

오도원은 순간 당황했다.

그러나 이내 냉정하게 반박했다.

"그게 무슨 말씀입니까? 우리 대한제국이 영국이 진출해 있는 지역을 강점하고 있다니요? 제가 알기로 그 지역에는 영국 인은커녕 원주민조차도 별로 없는 것으로 알고 있습니다."

웰즐리가 고개를 저었다.

"물론 우리 영국인이 살고 있지는 않습니다. 그러나 밴쿠버는 귀국이 진출하기 10여 년 전에 본국의 밴쿠버 선장이 탐험을 통해 발견한 땅입니다."

오도원이 어이없어했다.

"외상 각하의 말씀에 상당한 어폐가 있습니다. 그 지역은 이전에도 있었고 이후에도 있을 것입니다. 그런 지역을 단지 먼저 발견한 것만으로 귀국의 영역이라고 주장하는 건 이치에 맞지 않습니다. 그리고 우리 대한제국은 이미 밴쿠버와 그 일대에 수만 명의 이주민이 정착해 있다는 점을 분명히 하고 싶군요."

"끄응!"

웰즐리는 반박하지 못했다.

조금 전에 한국은 자국인 10여 만이 진출한 캘리포니아 지역을 왜 매입했냐는 말을 했었기 때문이다. 오도원이 그런 영국의 태도를 슬쩍 건드리면서 분위기가 후끈 달아올랐다.

시몬스가 나섰다.

"그 문제는 좀 더 심도 있게 협의를 해 보는 것이 좋겠습니다. 비록 10여 년이지만 영국이 먼저 발견했다는 사실은 바뀌지 않습니다. 그러나 개척 행위를 하지 않았다는 점도 분명하고요."

"으음!"

"반면에 대한제국은 다릅니다. 대한제국은 지난 10여 년 동안 수만 명을 이주시켜 개척해 왔습니다. 물론 그 지역을 영국이 먼저 발견했다는 사실은 전혀 모르는 상황이었고요."

오도원이 말을 받았다.

"그렇습니다. 만일 귀국이 그 일대에 개척민을 보내 개척을 진행했다면 상황은 전혀 달라졌을 겁니다. 하다못해 비석이라도 세웠다면 또 달라졌고요. 제가 알기로 우리 이주민이 도착했을 때는 원주민 백여 명 남짓이 거주하고 있었다고 합니다. 그런 원주민들은 우리의 이주를 적극 반겼으며 지금은 함께 살고 있고요."

젠킨슨 장관이 나섰다.

"우리 유럽에서는 새로운 지역을 먼저 발견한 권리는 인정해 주고 있습니다. 그것이 지금까지의 상례였습니다."

오도원이 고개를 저었다.

"제가 아는 부분과는 상당히 다른 말씀을 하시는군요."

"뭐가 다르다는 겁니까?"

"귀국의 식민지정책에서 가장 중점을 두고 있는 곳은 인도로 알고 있습니다. 그런 인도를 먼저 발견한 나라가 귀국이 맞습니까?"

젠킨슨의 안색이 대번에 변했다.

"그, 그건……."

웰즐리가 바로 나섰다.

"인도는 작은 나라가 아닙니다. 그래서 단순한 잣대로 재단하기에는 무리가 많습니다."

"인정합니다. 그러나 다른 지역을 구태여 열거하지 않더라도 첫 발견국과 실질적 지배국이 바뀐 경우는 너무도 많습니다. 그렇지 않습니까?"

웰즐리의 안색도 변했다.

"……그렇기는 합니다."

두 사람의 말문이 연달아 막히면서 분위기가 냉랭해졌다.

그러자 시몬스가 나서서 진정시켰다.

"그만 진정들 하시지요. 오늘의 초대는 양국의 우호 증진을 위해서인 것으로 압니다. 그런데 이렇게 서로의 잘잘못만 따진다면 만남의 의미가 없어지지 않겠습니까?"

오도원이 바로 사과했다.

"시몬스 남작의 말씀이 맞습니다. 좋은 인연을 맺으러 왔는데 제가 공연히 분위기에 휩쓸려 말이 너무 앞섰습니다. 그 점 두 분께 사과드립니다."

웰즐리도 화답했다.

"오히려 우리가 미안합니다. 실질적으로 개척을 하고 있는 것은 한국인데 우리가 너무 발견 기득권만 주장했습니다. 남작께서 지적하신 대로 이 자리는 양국의 우호 증진을 위해 마련했습니다. 그런 본래의 취지에 맞지 않게 우리가 너무 일방적인 주장을 한 것 같네요."

오도원은 웰즐리의 사과에 놀랐다.

'이게 무슨 상황이야. 영국은 자존심이 누구보다 강한 나라라고 알고 있다. 그런데 후작이며 외상인 사람이 대놓고 자신들의 잘못을 시인하다니.'

그러나 어쨌든 고위 귀족이 먼저 머리를 숙인 상황이었다.

오도원은 미소를 지으며 화답했다.

"하하! 아닙니다. 저나 여러분들이나 국익을 위해 의견을 낸 것이니 그만하시지요."

"그렇게 합시다."

냉랭했던 분위기가 다시 풀렸다.

시몬스가 나섰다.

"영국 총리께서 우리를 초대한 것은 미국 때문으로 알고 있습니다. 제가 알기로 영국과 미국은 요즘 상황이 좋지 않다고 들었습니다."

젠킨슨이 인정했다.

"맞습니다. 미국은 요즘 종주국인 우리 영국에 상당히 적대적입니다. 솔직히 당장 전쟁이 일어나도 이상하지 않을 정도이지요. 그런데 이번에 한국이 스페인과 영토 협상을 한다는 말이 들려와 한번 만나 보고 싶었습니다."

오도원이 고개를 끄덕였다.

"저도 그럴 거라 짐작은 했습니다. 우리는 미국과, 미시시피강과 뉴올리언스 통행에 관한 협정을 체결한 적이 있었습니다. 그러나 그 이후에는 별다른 접촉을 하지는 않고 있습니다."

"미시시피강의 항행을 막을 수는 없겠지요?"

오도원이 딱 잘랐다.

"그건 어렵습니다. 미국은 미시시피강의 통행권 때문에 뉴올리언스를 매입하려고까지 했었습니다. 그런 미국과 우리는 미시시피강을 공동 관리하기로 이미 협정을 체결한 상황입니다."

영국 총리가 어깨를 으쓱했다.

"그렇다면 어쩔 수 없지요. 그런데 우리와 미국이 전쟁을 벌인다면 한국은 어떻게 하실 겁니까?"

오도원이 고개를 저었다.

"그 부분은 제가 여기서 뭐라 확답을 드릴 수는 없습니다. 그러나 한 가지 분명한 사실은 본국은 타국의 전쟁에는 개입하지 않아 왔다는 점입니다."

"그렇군요. 그러면 중립이라는 말씀이군요."

"그렇습니다. 그런데 귀국이 먼저 전쟁을 벌이실 겁니까?"

영국 총리가 고개를 저었다.

"아닙니다. 우리는 스페인을 지원하고 프랑스를 상대하는 것만 해도 솔직히 힘이 듭니다."

오도원이 고개를 갸웃했다.

"그러면 미국이 먼저 전쟁을 걸어오면 어떻게 합니까? 병력을 파병하지 못한다는 겁니까?"

영국 총리가 솔직히 대답했다.

"지금으로서는 쉽지가 않습니다. 그러나 전쟁이 벌어진다면 북미 식민지를 다시 잃지 않기 위해서라도 파병을 할 수밖에 없겠지요."

"방어 위주의 전쟁이 될 수밖에 없겠군요."

영국 총리의 안색이 흐려졌다. 잠시 머뭇거리던 그는 솔직한 심정을 밝혔다.

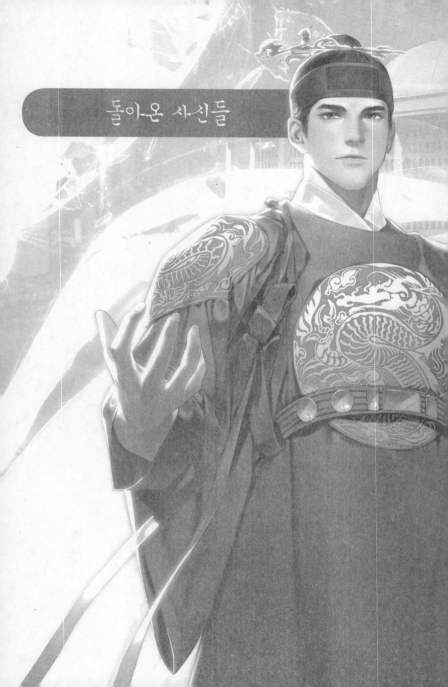

돌아온 사신들

영국 총리가 한숨을 내쉬었다.

"후! 나폴레옹전쟁이 끝나지 않으면 그렇게 될 수밖에 없습니다. 그래서 귀국이 어떤 태도를 취할지가 솔직히 걱정이었습니다."

시몬스가 적절한 때에 나섰다.

"총리 각하! 대한제국으로 영국 국왕 폐하의 특사를 파견하시지요."

"국왕의 특사를 파견하라고요?"

"예, 북미 지역은 영국으로서도 아주 중요한 거점입니다. 그러니 그 문제와 밴쿠버 문제를 대한의 황제 폐하와 직접 협상하는 게 좋지 않겠습니까?"

영국 총리가 난색을 보였다.

"우리는 20여 년 전 매카트니 백작을 청나라에 파견한 적이 있었습니다. 그때 청나라가 황제를 알현하는 예의를 문제로 삼는 바람에 아주 큰 곤란을 겪었습니다. 그래서 지금도 그런 문제가 생기지 않을지 솔직히 걱정입니다."

시몬스가 고개를 저었다.

"그 부분은 조금도 걱정을 하지 않아도 됩니다. 대한의 황제 폐하께서는 허례허식을 배격하십니다. 그래서 접견 예절도 대폭 간소화하셨지요. 특히 외국인에 대해서는 자국의 예에 따라도 된다는 특례를 만들어 놓으셨습니다."

"그래요?"

"예, 그래서 저도 황제 폐하를 알현할 때는 우리 식으로 예의를 표시합니다."

웰즐리가 반색했다.

"동양의 모든 국가는 어떤 방식으로든 절을 합니다. 남작의 말씀대로라면 굴욕적인 절을 하지 않아도 된다는 말씀입니까?"

"그렇습니다. 다시 말씀드리지만, 후작께서 영국 국왕을 알현할 때와 똑같은 의전을 하면 됩니다."

웰즐리가 바로 나섰다.

"총리 각하. 시몬스 남작의 말이 사실이라면 제가 특명전권대사로 한국을 다녀오겠습니다."

영국 총리도 웰즐리가 적임이란 생각을 했다. 그러나 거리가 너무 먼 것이 걱정되었다.

"외상이 자청하시니 반가울 따름입니다. 그런데 여기서 한국까지 거의 반년이 걸릴 터인데, 괜찮겠습니까?"

웰즐리가 호탕하게 웃었다.

"하하하! 인도 총독을 지냈던 사람입니다. 그리고 요즘 건조된 빠른 범선의 속도가 잘 나서 4개월 정도면 도착할 겁니다. 그러니 그 점은 조금도 걱정하지 않으셔도 됩니다."

"알겠습니다. 특사 파견은 따로 논의를 하지요."

오도원이 제안을 했다.

"대강의 말씀을 나눈 거 같으니 우리는 그만 물러가 기다리겠습니다. 그리고 귀국이 특사를 파견하신다면 우리가 타고 온 배를 이용하시면 될 것입니다."

"그래도 되겠습니까?"

"물론입니다. 갈 때는 우리 배를 타고, 올 때는 우리가 인도까지 모셔다드리겠습니다."

웰즐리가 격하게 반겼다.

"오! 그렇게까지 해 주시면 문제가 없겠습니다."

영국 총리가 정리했다.

"오늘은 여기서 마치도록 합시다. 두 분께서는 영빈관에서 휴식을 취하고 계십시오. 특사를 파견하려면 내부 회의를 거쳐야 해서 며칠 시간이 필요합니다."

"그렇게 하겠습니다."

영국은 특사파견 문제로 내각회의를 소집했다. 중요한 사안이었기에 회의는 며칠간 이어졌고, 결국 아서 웰즐리로 특사가 결정되었다.

웰즐리는 동생인 헨리 웰즐리(Henry Wellesley)를 보좌관으로 선정했다. 헨리 웰즐리는 탁월한 외교관으로 인도에서부터 형인 아서 웰즐리 외상을 보좌했었다.

오도원은 런던에서 시몬스와 작별했다. 그러고는 웰즐리 형제를 태우고 귀환 여정에 올랐다.

⁂

이 무렵 본토에서는 소탕 작전이 최고조로 전개되고 있었다. 황제는 시종일관 긴장의 끈을 놓지 않고 작전을 지휘하며 보고를 받아 왔다.

소탕 작전은 처음부터 일방적이었다.

반군도 처음에는 거세게 저항했으나 압도적인 화력에 이내 지리멸렬했다. 그럼에도 워낙 여러 곳에서 봉기한 바람에 두 달이 넘도록 완전히 진압하지 못하고 있었다.

반군 포로는 북방으로 보내졌다.

고비사막 일대에 배치된 포로는 전부 식목 사업에 투입되었다. 포로는 20여 만에 이르렀으며, 황제는 포로의 배치 상황도 빠짐없이 챙겼다.

그러던 7월 하순.

이날도 황제는 원림별궁에서 포로들의 처리 동향을 살피고 있었다.

상선이 전각으로 들어와 깊게 몸을 숙였다.

"폐하, 외무대신께서 들었사옵니다."

"들라 하라."

이만수가 들어와 몸을 숙였다.

"폐하! 일본에 갔던 통신사가 돌아왔사옵니다."

황제가 반색을 했다.

"오! 이제야 돌아온 것입니까?"

"그러하옵니다."

"허허! 통신사가 5개월이나 머물러 있었군요. 어서 들라 하세요. 무엇을 보고 듣고 왔는지 참으로 궁금합니다."

잠시 후, 외무대신 이만수가 몇 명을 대동하고 다시 들어왔다. 이들은 통신정사 이면구(李勉求)와 부사 정원용 그리고 서장관 김정희였다.

이만수가 인사했다.

"폐하! 통신사들이옵니다."

이면구가 앞으로 나섰다.

"황제 폐하. 외무성 아주국장 이면구가 무사히 임무를 마치고 돌아왔사옵니다."

이어서 다른 두 명도 인사를 하고는 몸을 깊이 숙였다.

황제가 그런 세 사람을 흐뭇하게 바라보다 입을 열었다.

"모두 허리를 펴도록 하라. 먼 길을 다녀오느라 고생들이 많았다."

"황감하옵니다."

세 명이 몸을 일으켰다.

그것을 본 황제가 용상에서 일어나 회의용 탁자로 갔다.

"모두 이리들 와서 앉도록 하라."

"에, 폐하."

사람들이 자리에 이동했다.

그러는 사이 김정희가 책자를 바쳤다.

"이게 무엇이지?"

"저희가 그동안 일본에서 보고 들은 내용을 상세히 작성한 기록이옵니다."

"오! 고생이 많았구나."

황제가 책자를 펼치고는 빠르게 책장을 넘기며 내용을 훑었다.

"정리가 아주 잘되었구나. 기록은 정희가 한 것이냐?"

김정희가 몸을 숙였다.

"그러하옵니다."

"역시 추사의 필력은 대단하구나. 글을 잘 쓴다는 사실은 진즉에 알고 있었지만 한글 정자도 이렇게 잘 쓸 줄 몰랐다."

"과찬이십니다."

정원용이 거들었다.

"그렇지 않아도 추사(秋史)가 일본에서 아주 큰 활약을 했사옵니다."

"오! 그래?"

"저희는 첫 방문지인 오사카에 도착하면서부터 일본 인사들과 교류를 시작했습니다. 시간이 지날수록 저희를 찾는 자들은 많아졌습니다. 그 바람에 여정이 늘어지기까지 했사옵니다. 그러다 에도에 도착했을 때는 저희가 머무는 객사 일대가 인산인해가 되었습니다."

"우리 사신들과 교류를 하려고 그렇게 많은 사람이 모였단 말이냐?"

"그러하옵니다. 그런 사람 중 상당수가 추사의 글을 얻어 가려는 자들이었습니다."

"오! 그래?"

이면구도 나섰다.

"오사카에 머물던 첫날부터 추사의 글솜씨가 일본에 알려졌습니다. 그 바람에 돌아올 때까지 추사가 고생이 많았습니다."

황제가 환하게 웃었다.

"하하하! 추사가 아주 큰 일을 했구나."

김정희가 얼굴을 붉혔다.

"아니옵니다. 폐하께서 관리도 아닌 저를 통신사에 선발해 주셔서 좋은 경험을 많이 했사옵니다."

황제가 하문했다.

"나와 동문수학 했던 유생 중 너만 유일하게 교수의 길을 선택했다. 그 선택을 지금도 후회하지는 않느냐?"

김정희가 단호한 표정으로 대답했다.

"추호도 후회하지 않습니다. 아니, 관리보다 교수가 저에게는 훨씬 더 어울린다는 걸 시간이 지날수록 더 느끼는 중이옵니다."

"그렇다니 다행이구나."

"다만 한 가지 아쉬운 점이 있기는 하옵니다."

"무엇이 아쉬운 것이냐? 말해 봐라. 짐이 할 수 있는 일이라면 도와주마."

"저는 금석문을 심도 있게 연구해 보고 싶사옵니다. 그래서 고고학과를 자원했고요. 그런데 금석문을 연구하는 고증학은 청국에 유명한 학자들이 많사옵니다. 그런 학자들과 교류를 할 수 없다는 것이 참으로 아쉽사옵니다."

"청나라에 고증학자가 많으냐?"

"고증학은 명말청초부터 본격적으로 자리를 잡게 된 학문입니다. 그래서 기회가 된다면 청나라 최고 학자인 옹방강(翁方綱)과 완원(阮元) 등을 꼭 만나 뵙고 싶사옵니다."

황제가 즉석에서 허락했다.

"알겠다. 학자가 더 많은 지식을 쌓겠다는데 당연히 도와주어야지."

김정희가 눈을 빛냈다.

"그들을 만날 기회가 있사옵니까?"

"이번에 나라에 큰 변고가 생겼다는 사실을 아느냐?"

"예, 천진에 도착해서 들었사옵니다. 어떻게, 반란은 잘 진압이 되고 있는지요."

"그래. 우리 군이 심기일전한 덕분에 거의 평정되어가고 있다."

"참으로 다행이옵니다."

"난을 진압하기 전에 짐은 후처리를 위해 청과 송에 특사를 파견했다."

이만수가 나섰다.

"폐하! 자세한 설명은 신이 하겠사옵니다."

"그렇게 하세요."

이만수가 모두를 둘러봤다.

"폐하께서는 이번 반란을 철저하게 진압하라 명하셨네. 두 번 다시 이런 일이 되풀이되지 않게 하려는 심모원려 때문이었지. 그러면서 한족들의 살길을 열어 주기 위해 이주를 계획하셨네."

설명은 한동안 이어졌다.

"……다행히 이러한 우리의 요청을 청과 송이 모두 받아들이기로 했네."

정원용이 놀랐다.

"그동안 엄청난 일이 벌어지고 결정되었군요."

"맞네. 우리 대한의 미래가 바뀔 일이 발생했고 결정되었지. 삼국은 그런 협상을 하면서 외교 문제를 지속적으로 협의할 창구의 필요성을 절감하게 되었네."

정원용이 적극 동조했다.

"진즉에 그랬어야 했습니다. 문제가 생길 때마다 사신을 파견하는 건 국력 소모가 너무 많습니다. 서양에는 오래전부터 공사를 각국에 주재시켜 왔습니다. 그게 적국이라고 해도요."

"그렇다고 들었다. 그래서 이번에 삼국이 협의해서 내년 봄부터 각국의 수도에 공사관을 설립하기로 합의했다네."

"지금이라도 그런 결정을 하게 되어 다행입니다."

황제가 말을 이었다.

"연말이 되기 전에 주청공사와 주송공사가 결정될 것이다. 추사가 원한다면 짐이 외교관 신분을 부여해 주겠다. 그러면 청국에서 활동하는 데 문제가 없을 것이니, 한 1년 정도 다녀오겠느냐?"

김정희가 급히 몸을 숙였다.

"황감하옵니다. 폐하께서 그런 황은을 내려 주신다면 무조건 다녀오겠사옵니다."

"그렇게 하자. 그런데 네가 보고 싶다는 학자들이 건재한

지는 알 수가 없구나."

"그래도 가서 살펴보겠습니다. 두 사람 모두 청조의 신하여서 탈이 나지는 않았을 것이옵니다."

"관리라면 무사할 가능성이 높겠다."

황제가 이면구와 정원용을 바라봤다.

"그대들이 본 일본은 어떠하던가?"

이면구가 먼저 입을 열었다.

"예상대로 일본은 상당한 부국이었습니다. 그리고 우리를 극진히 모시는 태도가 마치 상국의 사신을 대하는 듯했사옵니다."

"일본도 우리가 청국을 굴복시켰다는 정도는 알고 있었겠지."

"그러하옵니다. 그래서 과분하다고 느낄 정도로 극진한 대접을 받았사옵니다."

정원용도 거들었다.

"오사카를 출발한 이후 다이묘가 다스리는 영지를 계속 거쳤사옵니다. 그렇게 지나는 영지마다 경쟁하듯 다이묘들이 정성을 다해서 우리를 모셨사옵니다."

이면구의 말이 이어졌다.

"에도에 도착해서는 우리에 대한 대접이 극에 달했습니다. 에도에 두 달가량을 머물렀는데, 쇼군이 사흘에 한 번씩 연회를 열어 주었습니다."

황제가 핵심을 짚었다.

"막부 쇼군이 그만큼 의식한다는 말이구나."

이면구가 고개를 끄덕였다.

"그렇사옵니다. 쇼군은 연회가 열릴 때마다 우리 대한에 대해 많은 것을 물어 왔습니다. 그래서 기밀 사항을 제외한 대강의 상황은 알려 주었습니다. 다이묘들의 초대를 받았을 때도 마찬가지였고요."

"잘했다. 기밀을 너무 숨기기보다는 적당히 알려 주는 것이 더 좋은 법이다."

"그리고 나가사키를 통해 미리 입수한 막부 정보가 큰 도움이 되었습니다. 만일 사전 정보가 없었거나, 우리의 시선이 과거에 머물러 있었다면 일본에 대해 오판을 많이 했었을 것이옵니다."

황제가 정원용을 바라봤다.

"그렇구나. 정 과장이 본 일본은 어떠하던가?"

정원용이 말을 이었다.

"가장 먼저 눈에 띈 사실은 극심한 빈부 격차였습니다. 저희가 도착했을 때는 날이 쌀쌀했는데, 일반 백성들은 거의 아랫도리를 입지 않고 있었사옵니다. 입고 있는 옷도 얇았고요. 아무리 일본이 우리보다 따뜻하다고 해도 그런 옷을 입고 어떻게 사는지 의문이 들 정도였습니다."

이면구도 동조했다.

"맞습니다. 그에 반해 사무라이들의 옷은 화려하기 그지 없었습니다. 옷도 계절에 맞게 두툼했고요. 그런데 더 놀라 웠던 것은 에도에서 본 것이었습니다. 에도에는 일본 각지의 다이묘 저택이 쇼군의 성 주변에 몰려 있었습니다. 그런 다이묘의 저택 중에는 금박을 입힌 저택이 있을 정도로 사치가 말도 못 하게 심했사옵니다."

두 사람은 번갈아 가면서 자신들이 보고 들은 점을 설명했다.

황제는 그들의 설명이 끝날 즈음, 의외의 질문을 던졌다.

"전쟁이 벌어진다면 어떻게 될 거 같나?"

두 사람이 동시에 대답했다.

"필승입니다."

황제가 크게 웃었다.

"하하하! 필승이라니? 어떻게 그런 대답을 생각도 않고 할 수 있는가?"

이면구가 대답했다.

"저희가 5개월여를 머물면서 에도와 그 일대를 많이 돌아 봤습니다. 그러면서 느낀 점은 일본의 군사력이 의외로 허술 했습니다."

황제가 이의를 제기했다.

"일본은 사무라이 나라다. 우리 선비들이 부채를 들고 다 니는 것처럼 사무라이들은 칼을 차고 다니는데도 그렇게 느졌다는 건가?"

"그렇사옵니다. 폐하의 말씀대로 일본은 사무라이 천지였습니다. 사무라이들은 쇼군의 성을 제외한 어느 곳이든 칼을 차고 다녔습니다. 그런 사무라이를 보면서도 전혀 두렵다거나 위축이 되는 느낌을 받지 않았습니다."

"허허! 이상한 일이구나? 칼을 찬 무사를 보면 당연히 긴장되는 법이거늘 두렵지가 않다니."

정원용이 가세했다.

"저도 그런 느낌을 받았습니다. 본국은 요즘 칼이 의장용으로 바뀌고 있어서 보기가 어려울 정도입니다. 그런데도 이상하게 사무라이의 칼이 장신구처럼 보였습니다. 그래서 신은 일부러 확인해 보기까지 했사옵니다."

"무엇을 확인한 것이지?"

"검술을 제대로 연마하는지, 아니면 그저 신분을 과시하려고 칼을 차고 다니는지요."

"뭐라고 하던가?"

"실제로 검술을 연마한다고 했습니다. 그러나 전쟁이 없어진 지 200여 년이어서 실질적으로는 의장용이라고 했습니다. 그리고 막부에서도 사무라이들 간의 칼부림을 금지한다고 했습니다."

"사무라이에게 칼을 쓰지 못하게 하다니. 그러면 거의 죽은 칼이나 마찬가지잖아."

"공식 대련은 가끔 있다고 합니다. 대련을 할 때는 상대 가문과의 관계를 고려해 웬만해서는 선을 넘지 않는다고 합니다. 그러나 모욕을 당했을 때는 법을 무시하고 칼부림을 한다고 합니다. 그런 결투는 의례 사상자가 나오기 마련이고요. 의외인 점은 그런 결투의 승자에게는, 비록 법을 어기기는 했지만 대개 근신 정도의 가벼운 처벌을 내린다고 합니다."

황제가 고개를 끄덕였다.

"일종의 숨구멍을 만들어 준 것이구나."

"그렇습니다. 그리고 사무라이 앞을 무시로 통과하면 아주 큰 모욕으로 생각한다고 합니다. 그래서 일반 백성은 즉결 처형을 한다고 합니다."

황제가 혀를 찼다.

"잔인하구나. 우리 대한도 그런 법도는 있지만 꾸짖는 경우가 대부분인데 죽이기까지 하다니. 쯧!"

황제는 책자를 넘기면서 다양한 질문을 했다. 5개월여를 일본에서 지낸 통신사들은 서로 나서면서 성실히 질문에 대답했다.

통신사들은 일본에서 다양한 서적을 구매해 가져왔다. 가져온 책 중에는 유럽의 의학 서적을 번역한 책도 있었으며, 의외로 기술서도 상당수 있었다.

다음 날.

황제는 어전회의를 열었다.

통신사 중에는 비원 요원도 몇 있었다. 이들은 무관과 하급관리로 위장해 일본으로 넘어갔었다.

황제는 통신사와 함께 이들도 불러들여 입수해 온 정보를 내각과 공유했다. 그러면서 향후 일본에 대한 대책을 심도 깊게 논의했다.

황제는 이 자리에서 처음으로 일본에 대한 공략을 수립하라고 공식 지시했다. 수상을 비롯한 내각 대신들은 황제가 오래전부터 이런 생각을 하고 있었다는 사실을 알고 있었다.

그런데 문제가 있었다.

정약용이 그 점을 지적했다.

"일본은 반드시 징계해야 할 나라입니다. 그래서 저를 포함한 내각은 폐하의 하교에 전폭적인 지지를 보냅니다. 그러나 현실적인 걸림돌이 하나 있사옵니다."

황제가 대번에 알아들었다.

"전비를 걱정하는군요."

"그렇사옵니다. 우리는 개혁 이후 모든 성과를 북벌에 쏟아부었습니다. 그 결과 청국의 항복을 받아 내며 숙원을 풀 수 있었습니다. 그러나 청국에게 실질적인 배상금을 받지 못

했습니다. 그러면서 지금까지 국토 개발에 매진하는 바람에 축적된 국고가 거의 없는 상황입니다."

"으음!"

"상무사도 철도 사업에 많은 자본을 투입하느라 여력이 많지 않은 것으로 알고 있습니다. 더구나 이번 북미 지역 매입에 다시 많은 자본을 투자해 주었고요. 그렇다고 해서 대한은행이 보관하고 있는 금과 은을 활용할 수도 없고요."

황제도 고개를 저었다.

"대한은행의 금과 은을 손대면 안 됩니다. 우리는 원화로의 화폐 개량을 앞두고 있습니다. 더구나 지폐까지 발행해야 하고요. 더 나아가 우리 화폐가 기축통화 역할을 하는 데에도 대한은행의 금과 은은 꼭 필요합니다."

"그래서 문제라는 말씀을 올리는 것이옵니다."

건설대신도 우려를 나타냈다.

"철도 부설이 늘어나고 있습니다. 도로포장과 개설도 마찬가지고요. 이런 공사를 위해서는 지금보다 더 많은 자금이 투입되어야 합니다. 다행히 민간이 투자한 사철(私鐵)이 크게 늘어나면서 부담이 줄어들어 다행이지만, 그래도 재정 지출은 늘어날 수밖에 없습니다."

정약용이 제안했다.

"폐하! 일본을 공략하기 위해서는 막대한 전비가 필요하옵니다. 그런 준비를 위해 상무사의 철도 부설자금을 잠시 전용하는 것은 어떠신지요?"

황제가 싱긋이 웃었다.

"수상께서 이런 말씀을 하실 정도면 어렵기는 어려운가 봅니다."

"후! 아니라는 말씀을 드릴 수가 없사옵니다. 솔직히 상무사가 없었다면 예산을 편성하기도 어려울 정도입니다."

"하긴 우리가 일을 많이 하고는 있습니다."

"예, 철도 부설도 그렇지만, 주민 이주에 막대한 예산이 들어가고 있는 것도 문제입니다."

"짐도 재정 부족 상황을 충분히 알고 있습니다. 그러나 철도 부설을 중단할 필요는 없습니다. 주민 이주도 마찬가지고요."

황제가 묘한 말을 했다.

정약용이 기대감을 잔뜩 한 표정으로 황제를 바라봤다.

"혹시 폐하께서 따로 방안을 강구해 두신 것이 있는지요?"

"그렇습니다."

모두의 안색이 환해졌다. 정약용은 얼굴까지 붉히면서 기뻐했다.

"역시 폐하십니다. 신은 그것도 모르고 한걱정을 하고 있었사옵니다."

황제가 사과했다.

"그 점에 대해서는 수상께 미안합니다."

정약용이 펄쩍 뛰며 놀랐다.

"폐하! 황제께서 어찌 신하에게 사과를 하시옵니까? 당치도 않은 말씀 거두어 주시옵소서. 그런데 무슨 묘책이 있으신지 궁금하옵니다."

"짐은 지난해 북미장관에게 극비로 광산 개발을 지시해 두었습니다. 그러기 위해 운산금광 등을 개발한 기술자도 파견했고요. 극비로 지시한 까닭은 광산을 탐사하는 곳이 이번에 매입하게 되는 영역에 포함되어 있어서이고요."

광산이란 말에 정약용의 기대치가 높아졌다. 그러다 보니 자연스럽게 목소리도 높아졌다.

"광산이라면 금광을 말씀하시옵니까?"

"금광도 있고 은광도 있지요."

"폐하께서 이렇게 말씀하시는 것을 보니 탐사에 성공했나 보옵니다."

황제가 웃으며 대답했다.

"예, 맞습니다. 그것도 초대형 금광과 은광을 발견했지요."

분위기가 후끈 달아올랐다.

"금광은 우리가 지금까지 발견한 그 어떤 곳보다 많은 매장량을 갖고 있습니다. 은광도 마찬가지고요."

정약용의 목소리가 높아졌다.

"오오! 그 정도라면 군비 확충은 충분히 할 수 있겠사옵니다."

"물론입니다. 군비 확충은 당연할 것이고요. 자금이 부족해 추진을 미루고 있는 북미 지역 철도 부설과 캘리포니아 개발에도 결정적 도움이 될 것입니다."

곳곳에서 탄성이 터졌다.

백동수가 나섰다.

"금·은광이 발견된 지역의 경계를 위해 본토 병력을 파견해야 하옵니까?"

황제가 고개를 저었다.

"그럴 필요까지는 없어요. 북미장관의 보고에 따르면 두 지역에 연대와 대대 병력을 주둔시킨다고 했습니다. 그 정도 병력이라면 광산 지역 경계는 충분히 할 수 있을 겁니다. 인부들은 상무사를 통해 남방과 인도에서 충원할 것이고요."

정약용이 우려했다.

"견물생심이라고 했사옵니다. 금은 귀물이어서 사람을 홀리기 마련이옵니다. 남방의 인부들이 성실하다고 해서 그들만으로 일을 시키는 건 문제가 될 수도 있사옵니다. 기왕이면 본국의 광부를 선발해 감독관으로 파견하는 게 좋을 듯하옵니다."

황제도 인정했다.

"짐이 생각해도 그게 좋겠네요."

어전회의는 이때부터 열기가 더해졌다.

한족의 반란은 8월 하순이 되어서야 완전히 진압되었다.

난을 진압하면서 대대적인 색출 작업도 함께 진행되었다. 그래서 반란이 진압되자 바로 이주 정책을 시행할 수 있었다.

대륙 곳곳에 이주 정책을 알리는 포고령이 내걸렸다.

반란 초기부터 이주 정책은 온 사방에 퍼져 있는 상황이었다. 그런 영향 탓에 포고령이 걸리자마자 한족들이 황하와 대운하로 몰려들었다.

상무사가 수송선을 대거 동원했다.

청나라로 이주하려는 한족도 많이 나왔다. 이들을 위해 청국과 공조해 황하 곳곳을 열었다.

황하가 열리고 대운하도 뚫리면서 한족들의 대규모 이주가 시작되었다. 미리 소문이 나서인지 한족들은 처음부터 많은 숫자가 몰렸다.

대륙 전체에 이주민이 넘쳐 났다.

의외였던 점은 요동반도의 한족이었다.

대한제국은 본래 대륙의 한족만 이주시키려 했다. 그런데 소문을 들은 요동반도의 한족들도 대거 이주를 택했다.

인구 비례로 따지면 이 지역의 이주민이 가장 많을 정도였다. 요양이 황도가 되면서 상대적으로 차별받을 것을 우려한 선택이었다.

대한은 이들의 이주도 받아 주었다.

이들은 전부 송으로의 이주를 택했으며, 상무사는 이들을 위해 선박을 특별 편성해야 했다. 길이 먼 탓에 뱃삯이 대륙보다 훨씬 비쌌으나 요동반도 한족들은 기꺼이 감수하며 이주했다.

그러던 11월.

유럽에 갔던 특사 오도원이 돌아왔다.

황제가 연경에 있는 사실을 몰랐던 오도원은 영구에서 하선하려 했다. 그러나 항구를 담당하는 관리의 말을 듣고는 천진으로 넘어갔다.

천진은 연경의 관문이다.

강남에서 출발한 대운하가 천진을 거쳐 연경으로 들어간다. 여기에 바다의 물류까지 몰려들어서 명·청 때부터 상업이 크게 발달했다.

천진에 도착한 오도원은 먼저 주둔부대를 방문했다. 천진은 군정이 실시되는 대륙 지역으로 연대가 관리하고 있었다.

"어서 오십시오, 남작님."

오도원의 명성은 널리 알려져 있었다. 그랬기에 오도원이 방문했다는 말에 연대장은 부대 입구까지 나와 반갑게 맞았다.

"바쁘신데 결례를 범한 건 아닌지 모르겠습니다."

"아닙니다. 다행히 반란도, 한족 이주도 대충 끝마친 상황입니다."

오도원이 놀랐다.

"한족들을 이주시킵니까?"

"남작님께서 유럽에 계신 동안 대륙 한족들이 반란을 일으켰습니다."

연대장이 그동안의 상황을 간략히 설명했다. 오도원은 눈도 깜빡하지 않고 그의 말을 경청했다.

"엄청난 일이 일어났었군요."

"예, 다행히 이 지역에는 반군이 거병하지 않았습니다. 그러나 포고령이 발표되고 수만 명이 이주를 결정하면서 몇 달 시끄러웠습니다."

"몇만이나 이주를 결정했다고요?"

"그렇습니다만 오히려 잘된 일이지요."

오도원이 인상을 흐렸다.

"꼭 좋은 것만은 아니에요. 자산가들이 많이 이주하면 경기가 침체될 우려가 많습니다. 천진은 물산이 모이는 곳이어서 과거부터 유력 자산가들이 많았던 곳입니다. 그런 자들이 대거 이주하면 문제가 생깁니다."

"다행히 그런 일은 별로 일어나지 않았습니다."

"그래요?"

"예, 이번 한족 이주를 계기로 대운하를 상시 개통하기로 삼국이 협의를 봤습니다. 그 소문이 나면서 대부분의 천진 상인들이 이주를 포기했습니다. 연경의 거상들도 마찬가지고요."

"그러면 다행이군요."

"그런데 연경으로는 무엇을 타고 가실 것입니까?"

"그거야 마차를 타고 가야지요."

연대장이 웃었다.

"하하! 역시 천진과 연경 구간이 개통된 사실을 모르시는군요."

오도원이 크게 놀랐다.

"철도가 개통되었습니까?"

"예, 몇 달 전 연천선이 개통되었습니다."

오도원이 반색했다.

"그거 아주 잘되었습니다. 이번에 영국에서 파견한 특사와 함께 왔습니다. 그들과 지난 몇 개월 동안 함께 배를 타고 오면서 서로의 공업 기술에 대해 많은 의견을 나눴지요. 그런데 영국 특사의 콧대가 워낙 높아서 상당히 곤혹스러웠습니다. 기차라면 그들에게 우리가 보유한 기술력을 제대로 보여 줄 수 있겠습니다."

"하하하! 잘되었군요. 부관을 시켜 특실 칸을 비워 두도록 조치해 놓겠습니다."

"고맙습니다."

연대장이 일어났다.

"가시지요. 영국의 특사가 왔다고 하니 제가 직접 의전을 하겠습니다."

"그러시지요. 이번에 온 특사는 영국에서 후작의 작위를 받은 고위 귀족입니다."

"그렇습니까? 그러면 더더욱 제가 나가 봐야겠습니다."

잠시 후, 두 사람이 항구에 도착했다. 천진은 바다가 아닌 강에 포구와 항만이 건설되어 있다.

오도원이 정박된 배에 올랐다. 그리고 웰즐리 형제와 다시 하선했다.

대기하고 있던 연대장이 절도 있게 군례를 올렸다.

리처드 웰즐리는 총독이 되기 전부터 인도에 오래 머물렀었다. 그런 그도 연대장의 당당한 모습과 군기 가득한 장병들을 보고는 놀랐다.

그는 서둘러 자신을 소개하고는 질문했다.

"귀국은 병사들이 창칼을 사용하지 않습니까?"

연대장의 대답을 오도원이 통역했다.

"본국의 편제에 창병이 없어진 지 오래입니다. 활을 사용하는 사수도 일부에만 편제되어 있고요."

웰즐리가 연대장의 검을 바라봤다.

"백병전이 벌어져도 대검을 장착해 싸운다는 의미로군요."

"그렇습니다. 이제 검은 장교들의 호신용이나 의장용이 아니면 사용하지 않습니다."

"으음!"

헨리 웰즐리가 나섰다.

"그래도 될 만큼 귀국의 군사 무기가 화기로 전부 대체되었다는 말씀이군요."

"하하! 맞습니다. 외교관이라고 하시더니 역시 눈치가 빠르네요."

연대장이 마차를 손으로 가리켰다.

"여러분을 모시기 위해 마차를 가져왔습니다. 오르시지요."

오도원이 두 사람과 함께 탑승했다.

연대장은 그런 마차를 호위하듯 옆에서 함께 말로 이동했다. 항구와 역은 붙어 있어서 세 사람은 곧 마차에서 내려야 했다.

리처드 웰즐리가 역사를 보고 놀랐다.

영국에는 규모가 큰 건물과 성이 많다. 그런 건물을 많이 봐 온 웰즐리의 눈에도 천진역사의 규모가 상당했다.

그가 역사와 광장을 보며 고개를 갸웃했다. 영국에서 사람이 많이 드나드는 건물은 교회다.

그래서 웰즐리도 역사를 교회로 착각했다. 그런데 아무리 봐도 십자가가 보이지 않았기 때문이다.

개혁군주

궁금증을 참지 못한 그가 질문했다.

"이곳은 무엇을 하는 건물입니까? 교회가 아닙니까?"

연대장이 설명했다.

"아닙니다. 이 건물은 역사(驛舍)입니다."

웰즐리가 고개를 더 갸웃했다.

"이상하네요. 역사는 말이나 마차를 관리하는 건물인데, 왜 이렇게 큰 겁니까? 더구나 민간인이 저렇게 많이 드나들어도 되는 겁니까? 통제를 전혀 하지 않나요?"

연대장이 크게 웃었다.

"하하하! 이곳은 민간인이 이용하는 역사여서 당연히 통제를 하지 않지요. 그 대신 질서유지를 위해 역무원이 통제를 하는 경우는 있습니다."

"민간인이 타는 역마차를 운행하나 보군요."

연대장이 더 크게 웃었다.

"하하하! 들어가시지요. 들어가 보시면 상황을 아시게 될 겁니다."

웰즐리 형제는 묘한 느낌을 받았다. 그들은 서로를 보며 어깨를 으쓱했으나 이내 담담히 고개를 끄덕였다.

"그렇게 합시다."

이들이 들어간 천진역사는 수백 명이 넘는 사람이 붐비고 있었다.

리처드 웰즐리는 사람들이 많은 것에 놀랐다.

그러나 놀라운 것은 또 있었다.

"아! 귀국에도 유리가 많이 사용되는군요."

그랬다.

이들이 바라본 역사 건물은 온 사방이 유리창이었다. 그런 유리창을 통해 들어온 햇살로 역사 내부는 불을 켜지 않았음에도 휜했다.

오도원이 나섰다.

"우리 대한은 10여 년 전부터 유리를 대량생산하고 있습니다. 그래서 이런 공공건물은 물론이고 민간까지 대량공급이 가능하지요."

"으음! 그렇군요. 그런데 귀국의 건물은 다른 동양 국가와 달리 흙을 거의 사용하지 않나 봅니다."

"꼭 그렇지는 않습니다. 우리의 전통가옥은 흙벽이었습니다. 그러던 것이 벽돌이 급속도로 보급되면서 바뀌어 가는 과정입니다. 지금 보시는 역사도 두 종류의 벽돌과 석재가 재료입니다."

"그렇군요."

"가시지요. 너무 지체하면 열차를 놓칠 수가 있습니다."

리처드 웰즐리는 열차라는 소리에 당황했다. 그러나 시간을 맞춰야 한다는 재촉에 서둘렀다.

"그, 그럽시다."

역사를 나온 웰즐리 형제는 크게 놀랐다.

"아니, 이게 무슨 물건입니까?"

연대장과 오도원이 서로를 바라보며 웃었다.

그러던 연대장이 손으로 오도원이 설명하게 했다.

"두 분께서 증기기관으로 만든 증기기관차를 혹시 아십니까?"

두 사람은 증기기관차가 만들어질 당시 인도에 있었다. 그랬기에 증기기관차에 대한 지식이 거의 없었다.

리처드 웰즐리가 고개를 저었다.

"잘 모릅니다. 우리 두 사람은 인도에서 오래 주재하고 있었습니다. 그래서 유럽 사정은 다른 사람보다 모르는 게 많습니다."

헨리 웰즐리가 대답했다.

"몇 년 전 그런 시도가 본국에서 있었다는 말은 들은 적이 있습니다."

오도원이 웃으며 설명했다.

"하하! 외상께서는 인도에 계셔서 잘 모르시는군요. 동생분의 말씀대로 영국도 증기기관차를 개발하기는 했지요. 그러나 상용화에 실패했고요. 반면에 보시는 대로 우리는 영국보다 먼저 증기기관차 개발과 상용화에 성공했습니다."

리처드 웰즐리의 얼굴이 붉어졌다.

그는 배를 타고 오는 내내 영국의 기술력이 세계 최고라고 주장을 해 왔다. 그런 그의 자부심이 증기기관차를 보는 순간 한순간에 무너져 내렸다.

"……."

형의 기분을 이해한 동생이 나섰다.

"세계 최초의 상용화를 축하드립니다. 그런데 성능은 얼마나 되는지, 그리고 많이 이용하고 있는지 궁금합니다."

"하하하! 우선 오르시지요. 올라가서 자세한 설명을 해 드리겠습니다."

"알겠습니다."

연대장이 인사했다.

"저는 여기서 작별을 해야 할 것 같습니다. 그러나 여러분의 안전을 위해 장병들이 경호를 해 줄 겁니다."

오도원이 손을 내밀었다.

"고맙습니다. 연대장."

"아닙니다."

연대장이 오도원의 귀에 작게 말했다.

"기왕이면 코를 바짝 눌러 주십시오. 후작이란 사람이 영국에 대한 자부심이 대단한 거 같습니다."

"후후후! 그렇게 하지요."

오도원이 두 사람과 객차에 올랐다. 이어서 이들을 호종해 온 양국 사람들도 함께 열차에 올랐다.

오도원은 두 사람을 특별 칸으로 안내했다.

자리에 앉으면서 헨리 웰즐리의 질문이 나왔다.

"남작님, 너무 궁금해 견딜 수가 없습니다. 송구하지만 조금 전의 제 질문에 대답부터 부탁을 드리겠습니다."

"하하! 그러지요. 그 질문은 저보다 전문가에게 듣는 게 좋을 겁니다."

"전문가요? 여기에 전문가가 타고 있다는 말입니까?"

"우리 대한의 모든 열차에는 여객전무가 탑승해 있습니다. 여객전무는 탑승객의 안전을 책임지는 열차 경찰을 지휘하며, 여객운송을 총괄하지요. 그런 여객전무는 우리 대한의 철도 사정에 누구보다 밝습니다."

오도원이 정복의 여승무원을 불렀다.

"내가 누군지 아는가?"

"물론입니다. 오도원 남작님이십니다."

"맞네. 나와 함께 온 저분들은 황제 폐하를 알현하기 위해서 온 영국의 특사분들이지. 저분들이 우리나라의 철도 사정을 알고 싶다고 하시니 여객전무를 불러 주시게."

"잠시 기다려 주십시오."

여승무원이 나가고 얼마 후, 역시 정복을 착용한 여객전무가 객차로 들어왔다.

"어서 오십시오, 남작님. 미리 인사를 드려야 했는데, 손님들의 안전을 챙기느라 인사가 늦었습니다."

"아닙니다. 맡은 임무가 우선이지요."

"영국 특사 분들이 우리나라의 철도 사정에 대해 알고 싶어 하신다고요?"

"그렇습니다."

여객전무가 자료를 내놓았다.

"이 자료는 지난달에 우리 철도공사에서 발간한 보고서입니다. 먼저 이 자료를 보여 드리시지요. 설명은 그다음에 하겠습니다."

두 명의 웰즐리가 자료를 넘겨받았다.

자료는 한글로 되어 있어서 내용은 알지 못했다. 그러나 그림과 표시된 아라비아숫자를 본 두 사람은 더없이 놀랐다.

대리혐

헨리 웰즐리의 목소리가 떨렸다.

"이게 정녕 사실입니까? 귀국의 철도 노선이 이렇게나 많이 부설되어 있습니까?"

여객전무가 차분하게 설명했다.

"그 보고서는 황제 폐하께도 바쳐지는 것입니다. 당연히 거짓이 있을 수가 없지요."

통역을 하던 오도원이 부연했다.

"본국의 황도와 배도, 그리고 과거 청국의 수도였던 연경을 잇는 철도가 경경선이지요. 그 노선은 복선으로 1,450킬로미터 정도 되지요. 그리고 여기서 연경까지 145킬로미터가 됩니다."

여객전무가 말을 받았다.

"경경선이 개통되면서 그것을 기준으로 철도는 사방으로 뻗어 나가고 있습니다. 그런 총길이는 지금까지 3천 킬로미터 정도 됩니다."

"아아!"

"그러나 이는 시작에 불과합니다. 본토와 달리 북방과 대륙은 거의 산지가 없습니다. 그런 지역의 철도 부설은 하루에서 수십 킬로미터를 깔 수 있지요. 어려운 부분은 다리 공사로, 교각을 건설할 때 양생 기간을 준수해야 해서 시간이 걸리는 것뿐입니다."

헨리 웰즐리가 바로 질문했다.

"양생 기간이 무엇입니까?"

"우리나라는 안전사고에 대한 대비가 철저합니다. 그래서 교각이나 건물을 건설할 때에는 반드시 타설한 양회가 확실하게 굳을 때까지 기다려야 합니다. 그 기간을 양생 기간이라고 합니다."

"아아! 귀국은 그런 규정까지 만들어서 시행하는군요."

"당연히 그래야 합니다. 철로를 달리는 기관차와 객차는 수십 톤의 무게입니다. 그런 엄청난 무게를 견뎌 내기 위해서는 하중을 감안한 철저한 시공이 필요합니다."

두 사람은 큰 충격을 받았다.

인도에서 오래 근무한 두 사람은 동양을 잘 안다고 자신해 왔다. 그런데 그런 자신감이 대한제국에 발을 들이는 순간 완전히 무너져 내렸다.

더 놀라운 사실은 기술력이었다.

대한에는 영국에도 없는 철도가 있었다. 그것도 완전히 상용화되었으며 무려 3천여 킬로미터나 철로가 깔려 있었다.

거기다 하루에 수십 킬로미터씩이나 뻗어 나가고 있다고 한다. 도저히 믿기지가 않았으나 황제에게까지 상신되는 보고서란 말에 반박도 못 했다.

삐익!

기적이 울리고 증기가 빠져나가는 특유의 소리가 났다. 이어서 잠금장치가 풀리는 둔탁한 소리와 함께 쇳덩어리 객차가 천천히 움직였다.

여객전무가 설명했다.

"이 기관차는 최고 속도가 시속 60킬로미터입니다. 평균 속도는 시속 40킬로미터로, 한 번에 50톤의 화물과 500여 명의 승객을 운송할 수 있습니다."

헨리 웰즐리의 탄성이 터졌다.

"대단한 기술력이군요! 그렇게 많은 화물과 승객을 한꺼번에 수송할 수 있다니요."

"감사합니다. 그러나 우리 폐하께서는 아직도 멀었다고 하십니다."

"그렇다면 이보다 더 빨리 만들 수 있다는 말씀입니까?"

여객전무가 고개를 저었다.

"기술적인 부분은 저도 잘 모릅니다. 그러나 폐하께 보고한 자료에 따르면 10년 이내에 1.5배의 속도와 중량 증가를 달성할 수 있다고 했습니다."

리처드 웰즐리가 모처럼 나섰다.

"한국은 왜 그렇게 기관차의 성능을 개선하려고 하지요?"

"본국의 영토는 엄청나게 넓습니다. 그런 나라를 균형적으로 발전시키기 위해서는 반드시 교통이 발달해야 한다고 폐하께서 말씀하셨습니다. 그러시면서 유럽까지의 대륙종단철도를 부설하기 위해서라도 성능 개선은 꼭 필요하다고 하셨고요."

리처드 웰즐리가 대경실색했다.

"뭐라고요? 철도로 대륙을 관통해 유럽까지 연결한다고요?"

"그렇습니다. 우리 철도는 지금 연경에서 몽골 초원을 잇는 노선을 엄청난 속도로 부설해 나가고 있습니다. 그 노선이 끝나면 본국에 신속하고 있는 중앙 초원을 관통할 것이고요. 그러면 바로 러시아가 나오게 됩니다."

"아아! 거기서부터 유럽이구나."

"그렇습니다. 러시아도 국가 발전을 위해 철도 부설을 반대하지 않을 겁니다. 러시아가 동의한다면 대륙종단철도는 지선으로 모스크바를 거쳐 러시아의 수도인 상트페테르부르크까지 연결해 줄 것이니까요."

"아아!"

두 사람은 입을 딱 벌렸다.

여객전무가 하는 말은 영국에서는 누구도 쉽게 입에 올리기 어려운 대역사였다. 그런데 자신들이 봐도 일개 관리에 불과한 여객전무가 그런 말을 너무도 쉽게 거론하고 있었다.

헨리 웰즐리가 핵심을 짚었다.

"여객전무가 이런 말을 할 정도면, 귀국에서는 많은 사람이 알고 있는 사실인가 보군요."

"물론입니다. 특히 철도에 봉직하고 있는 저희는 최초의 대륙종단철도의 기관사와 여객전무가 되는 것이 꿈인 사람이 많습니다. 그래서 자신이 선발되는 영광을 바라며 열심히 봉직하고 있지요."

"그렇군요. 그러면 러시아가 동의하면 유럽까지 도로가 부설되겠네요."

여객전무가 고개를 저었다.

"그렇지는 않습니다."

"그렇지 않다니요?"

"철도는 국가 기간산업입니다. 방금 러시아의 예를 든 것처럼 해당 국가가 동의해야만 철도가 부설됩니다."

헨리 웰즐리가 크게 고개를 끄덕였다.

"맞습니다. 외교관인 제가 정작 중요한 일을 간과했네요.

그러면 해당 국가가 동의하면 철도가 부설됩니까?"

여객전무가 한발 물러섰다.

"그건 제가 대답할 사안이 아닙니다. 해당 국가도 철도 부설의 이점은 잘 알고 있을 겁니다. 그러나 각국의 이해관계에 따라 어떤 형태가 될지는 모릅니다. 그런 문제는 각국의 정치 권역이면서 또 외교 권역의 사안이니까요."

헨리 웰즐리가 놀랐다.

"너무도 정확히 지적하십니다. 제가 오늘 여객전무께 많은 것을 배웁니다. 좋은 말씀 너무도 감사드립니다."

여객전무가 고개를 숙였다.

"아닙니다. 저는 제가 아는 한도 내에서만 말씀을 드릴 수밖에 없어서 오히려 송구합니다. 철도에 대해 더 알고 싶은 사안이 있으시면 따로 남작님께 요청하시는 게 좋을 것 같습니다."

"그렇게 하지요."

여객전무가 고개를 숙이고 돌아갔다.

헨리 웰즐리는 그가 돌아갈 때까지 기다렸다 한숨을 내쉬었다.

"후! 참으로 놀랍습니다. 일개 여객전무의 경륜이 저 정도일 줄은 몰랐습니다."

오도원이 웃었다.

"당연한 일입니다."

"예? 저 정도의 경륜이 당연하다고요?"

"그렇습니다. 우리 대한은 일정 직급마다 정보를 공유합니다. 그래서 지금 정도의 지식은 어떤 여객전무라도 알고 있는 사안입니다."

"남작님도 알고 있었다는 말씀이군요."

"저는 황실 무역 회사의 대표입니다. 그런 저는 당연히 여객전무보다 더 많이 알고 있었지요."

"그러면 직접 설명해 주지 않으시고요."

오도원이 크게 웃었다.

"제가 설명했다면 지금과 같은 믿음을 갖게 되었을까요?"

헨리 웰즐리가 순간 당황했다.

"그, 그건."

"예, 의심의 시선을 거두지 못했을 겁니다. 제가 혹시 침소봉대하는 건 아닌가 해서요. 그래서 실무자를 불러 직접 설명하게 한 것입니다."

이때였다.

덜커덩, 덜커덩.

열차가 철교를 지나면서 진동이 높아졌다. 밖을 내다보던 리처드 웰즐리가 깜짝 놀랐다.

"지금 우리가 탄 기차가 강을 건너고 있는 겁니까?"

"그렇습니다. 철교를 건너고 있어서 연결 구간의 소리가 조금 크게 들리고 있는 겁니다."

"놀랍군요. 우리 영국에도 아이언브리지가 있습니다. 그 철교의 길이가 100피트(ft) 정도입니다. 그런데 우리가 건너는 철도는 그보다 몇 배나 길군요. 더구나 이렇게 무거운 중량의 기차가 지나가도 거뜬히 견디고요."

"1미터가 대략 3피트 정도 되지요?"

"그렇습니다."

"이 정도는 짧은 거리입니다. 본국에는 3천 피트가 넘는 철교도 많습니다."

리처드 웰즐리의 입을 쩍 벌렸다.

"……."

오도원이 싱긋 웃었다.

"역시 믿지 못하시는군요. 그러나 조금도 의심하지 마세요. 두 분의 의심을 풀어 주기 위해서라도 머무는 동안 내가 직접 여러분들을 안내해 드릴 테니까요."

리처드 웰즐리가 겨우 대답했다.

"……알겠습니다. 기대하겠습니다."

연경과 천진까지는 150여 킬로미터다. 이렇듯 시작부터 웰즐리 형제의 자존심이 사정없이 구겨진 여정은 몇 시간 동안 이어졌다.

그리고 연경에 도착했다.

리처드 웰즐리는 긴장했다.

오도원의 말은 들었으나 의전이 문제가 될 것을 우려했기 때문이다. 그러나 자신을 맞으러 나온 외무상 이만수가 의전에 대해 아무 말이 없었다.

그 대신 양해의 말을 들었다.

"본국의 황도는 요양입니다. 그래서 본래는 영국의 특사를 황도에서 맞아야 하는데, 폐하께서 당분간 연경에 머무시는 바람에 공연한 고생을 시켰습니다."

리처드 웰즐리는 놀랐다. 이만수가 너무도 능숙하게 영어를 구사했기 때문이다.

리처드 웰즐리가 이만수의 손을 맞잡으며 인사했다.

"아닙니다. 귀국의 황제께서 어디 계신지 몰라서 벌어진 일입니다. 조금도 신경 쓰지 마십시오."

"하하하! 이해해 주셔서 감사합니다."

이만수는 오래전부터 화란양행 사람들과 교류해 왔다. 그래서 서양인에 대한 거부감이 거의 없었기에 두 사람을 자연스럽게 상대했다.

그런 모습에 헨리 웰즐리는 당황했다.

그는 인도에서 형을 도우면서 인도의 여러 번왕국을 상대해 봤다. 그런 경험을 들춰 봐도 이만수처럼 유럽인을 능숙하게 대하는 사람은 없었다.

더구나 영어가 청산유수였다. 그 바람에 주특기인 사교술로 상대를 휘어잡을 생각도 못 했다.

리처드 웰즐리는 그런 동생을 보면서 작게 한숨을 내쉬며 고개를 저었다.

이만수가 오도원을 치하했다.

"오 남작이 이번에 아주 큰 공을 세웠습니다."

오도원이 환하게 웃었다.

"감사합니다. 저도 노력은 했지만 시기가 절묘하게 맞아 떨어졌습니다. 그리고 폐하께서 나폴레옹과 탈레랑에게 파격적인 조건을 제시하라는 조언이 결정적이었습니다."

"하하하! 가시지요. 폐하께서 특별히 황실 전용 마차를 보내 주셨습니다."

"이런 고마울 데가."

이만수가 대기하고 있는 마차로 갔다.

웰즐리 형제는 황실 전용 마차의 화려함과 아름다움에 놀랐다. 그러나 기차를 타고 오며 자존심이 많이 구겨진 탓에 아무 말 없이 마차에 올랐다.

그렇게 마차를 타고 이동하던 리처드 웰즐리는 이상하다는 느낌을 받았다. 그래서 고개를 돌리니 동생인 헨리도 고개를 갸웃하고 있었다.

리처드 웰즐리가 질문했다.

"마차의 진동이 너무 적은 것 같습니다. 혹시 무슨 장치가 되어 있습니까?"

오도원이 웃으며 반문했다.

"진동이 없는 게 느껴지십니까?"

"아! 역시 뭔가 있군요. 예, 그렇습니다. 저는 지금까지 수많은 마차를 타봤습니다. 우리 영국 왕실 전용 마차도 타 봤고요. 그러나 그 어떤 마차도 이 정도로 안정적인 느낌은 처음입니다."

헨리 웰즐리도 거들었다.

"저는 인도의 여러 왕국의 마차를 여러 차례 타 봤습니다. 심지어 사람이 지는 마차도 많이 타 봤고요. 그런데 바퀴가 달린 그 어떤 마차도 이렇게 편안한 것을 타 본 적이 없습니다."

오도원이 대답했다.

"그럴 겁니다. 후작께서 짐작하신 대로 이 마차에는 특별한 장치가 설치되어 있습니다."

"역시 그랬군요."

"여러분이 타고 오신 기차에도 비슷한 장치가 설치되어 있었습니다. 그래서 쇠로 된 객차지만 흔들림이 많이 없었던 것입니다."

"아! 그렇습니까?"

오도원이 말을 돌렸다.

"자세한 내용은 시간을 두고 알려 드리지요. 지금은 우리 폐하를 알현하는 일이 우선이니까요."

"그렇게 하시지요."

마차는 원림별궁으로 했다.

황제는 원림별궁 남해의 근정전(勤政殿)에서 영국 특사를 맞았다.

　리처드 웰즐리 모자를 벗어 가슴에 댔다. 그러고는 한쪽 다리를 뒤로 빼며 무릎을 꿇었다.

　"영국 국왕이신 조시 3세 폐하의 전권을 위임받은 후작 리처드 웰즐리가 대한의 황제 폐하께 인사드리겠습니다."

　헨리 웰즐리도 자신을 소개하며 인사했다.

　"리처드 웰즐리 후작의 동생이며 부사인 헨리 웰즐리가 대한의 황제 폐하께 인사드립니다."

　두 사람은 나름대로 정중하게 인사했다.

　그런 두 사람을 본 황제가 능숙한 영어로 답례했다.

　"두 사람 모두 먼 길을 오느라 고생이 많았소. 귀국의 국왕 폐하께서는 안녕하신가?"

　웰즐리 형제는 놀라 동시에 고개를 들었다.

　그 모습을 본 황제가 크게 웃었다.

　"하하하! 짐이 영어를 하는 것이 이상한가?"

　리처드 웰즐리가 급히 머리를 숙였다.

　"죄송합니다. 외신이 잠시 놀라 결례를 범했사옵니다."

　"괜찮소. 그럴 수도 있지. 그런데 짐의 영어는 들어 줄 만하오?"

　"대단하시옵니다. 외신은 10년 가까이 인도에서 지냈습니다. 그동안 동양의 여러 나라를 방문했고요. 하지만 그런 나라의 어느 군주도 폐하처럼 영어에 능통하지는 않았습니다."

헨리 웰즐리도 가세했다.

"그렇사옵니다. 외신도 형님을 도와 인도의 많은 번왕국과 상대해 왔습니다. 그런 인도 번왕국의 군주 중 누구도 폐하와 같은 분은 없었습니다."

두 사람이 철저하게 신하를 자청하고 있었다.

황제는 그런 모습을 의외라고 생각하며 다시 물었다.

"고마운 일이오. 그런데 귀국의 국왕께서는 안녕하시오?"

리처드 웰즐리의 안색이 어두워졌다.

"아쉽게도 그렇지 못하옵니다."

"아! 저런."

"우리 폐하께서는 어려서부터 병약하셨습니다. 그래서 재위 내내 크고 작은 병마에 시달려 오셨고요. 더구나 7년 전쟁과 미국독립전쟁 등 수많은 전쟁을 지휘하시면서 심신도 많이 쇠약해지셨습니다. 그러다 지난 1811년, 총애하던 막내 공주께서 스물일곱 살의 젊은 나이에 돌아가시면서 그만 큰 병을 얻고 말았습니다."

"격무에 시달리시다 큰 충격을 받으셨나 보오."

"그러하옵니다. 그래서 본국은 지금 태자께서 섭정을 하고 있사옵니다."

"섭정이라니. 정무에서 손을 놓을 정도로 병이 깊은가 보오."

"그렇습니다."

황제가 위로했다.

"안타까운 일이오. 부디 쾌차하시기를 멀리서나마 빌겠소이다."

"태자 전하를 대신해 폐하의 배려에 깊이 감사드리옵니다."

"그만 일어나시오. 예의가 과하면 그도 비례요."

"감사합니다."

일어난 리처드 웰즐리가 가져온 서류를 바쳤다.

"본국의 섭정이신 태자 전하의 친서와 수상 각하께서 별도로 보내신 친서입니다."

황제는 친서를 차례로 읽었다.

친서의 내용은 평이해서 양국의 우호를 증진하기 바란다는 정도였다. 단지 총리는 이른 시일 내 개항을 해서 양국이 정식으로 외교 관계를 맺기를 바란다는 정도가 첨언되어 있었다.

황제가 친서를 덮었다.

"귀국이 특사를 파견한 것은 우리와 긴밀히 논의할 사안이 있어서일 거요. 그러나 몇 개월 동안 배를 타고 온 여독도 있고 하니, 다시 날을 정해 만나기로 합시다."

"그렇게 하겠사옵니다."

리처드 웰즐리와 그의 동생은 가져온 예물을 바치고 물러났다.

그들이 물러서자 황제가 일어나 회의용 탁자로 갔다.

"오 남작, 이리 앉으세요."

"황감하옵니다, 폐하."

오도원과 이만수가 자리에 앉았다.

황제는 먼저 오도원의 건강을 챙기고는 협상 결과를 확인했다.

"어떻게, 성과가 있습니까?"

오도원이 서류를 바쳤다.

"다행히 목적을 충분히 달성했사옵니다."

황제가 반색을 했다.

"오! 그래요?"

황제가 협정문을 읽는 동안 오도원은 협상 과정을 설명했다.

설명은 한동안 진행되었고 황제는 최고의 성과를 거두고 온 그를 치하했다.

"참으로 큰 공을 세웠습니다. 이로써 우리 대한은 북미에서 확고한 지위를 구축하게 되었어요."

이만수도 동조했다.

"그러하옵니다. 루이지애나 매입에 이어 캘리포니아까지 북미는 완전히 오 남작의 협상 작품입니다, 폐하! 이와 같이 위대한 협상은 누구도 쉽게 할 수 없사옵니다. 바라건대, 협상에 성공한 오 남작에게는 그에 합당한 포상이 있어야 할 것이옵니다."

황제도 즉석에서 동의했다.

"옳은 말이오. 머잖은 시기, 스페인이 장악하고 있는 중남미에서는 독립 열풍이 불게 될 겁니다. 지금의 스페인 국력으로는 막을 수 없는 열풍이지요. 그러면서 중남미가 여러 나라로 독립하게 되면 아메리카 대륙에서는 우리 대한이 가장 큰 나라가 됩니다. 당연히 그런 일을 성사시킨 오 남작의 공을 치하해 주어야지요."

오도원이 급히 일어났다.

"황망한 하교시옵니다, 폐하! 신은 오직 폐하의 지시만을 따랐을 뿐입니다. 지난번도 그렇지만 이번의 성공은 폐하께서 신에게 지시하신 대로 했기에 가능했사옵니다."

황제가 고개를 저었다.

"그렇지 않아요. 계책은 누구라도 조금만 생각하면 잘 세울 수가 있어요. 그러나 그걸 어떻게 어떤 식으로 운용해 성공하는 건 전혀 다른 문제이지요. 물론 짐이 시기에 맞게 계책을 수립한 건 부인하지 않아요. 그러나 그걸 제대로 꽃피운 사람은 오 남작입니다."

"아아! 폐하!"

"그러니 그만 앉으세요. 짐이 묻고 싶은 게 많습니다. 그리고 위대한 공적을 세운 것을 포상하지 않으면 그 자체가 짐의 직무 유기입니다."

이만수도 거들었다.

"허허허! 어서 앉으세요. 폐하께서 기다리십니다."

"후! 알겠습니다."

황제가 협정문을 덮었다.

"영국이 특사를 파견한 목적이 무엇입니까?"

오도원이 영국에서의 일을 설명했다.

황제가 핵심을 짚었다.

"밴쿠버를 거론했다고요?"

"예, 그래서 제가 그 자리에서 반박했사옵니다. 그러
자…… 그렇게 된 것입니다."

황제가 눈을 빛냈다.

"이거, 잘만 하면 또 다른 성과를 거둘 수도 있겠군요."

오도원도 동조했다.

"신도 그렇게 생각했습니다. 그래서 저들이 특사를 파견
한다는 말에 적극 동조한 것이고요. 그리고 폐하, 하나 더 주
청 드릴 일이 있사옵니다."

"말씀해 보세요."

"영국은 지금 상당히 어려운 상황입니다. 나폴레옹이 대
륙봉쇄령을 일찍 풀면서 스페인에 대한 계획이 생각처럼 잘
진행되지 않고 있습니다. 거기다 영국의 무모함 때문에 미국
이 전쟁을 벌이려 하고 있고요. 더 문제는 이번 협상으로 프

랑스의 전력이 급상승하게 된 것입니다."

황제도 인정했다.

"통조림 제조 기술을 확보한 것이 결정적이겠지요."

"그렇사옵니다. 그리고 제가 런던에서 파악한 바로는 영국은 전비를 은행 등에서 빌려서 충당한다는 사실입니다."

"아! 그래요?"

"그런 영국으로서는 전장이 확대되는 걸 결코 바라지 않을 겁니다. 더구나 향후 동양에서의 입지를 위해서라도 본국과의 우호는 저들에게 꼭 필요한 일입니다. 그래서……."

오도원의 건의는 한동안 진행되었다.

그의 제안을 황제는 심각하게 고민하다 이만수를 바라봤다.

"외상께서는 어떻게 생각하십니까?"

"저는 아주 좋은 생각이라고 봅니다. 우리에게 유럽은 적도 아니고 아군도 아닙니다. 누가 전쟁에서 승리하든 우리의 국익만 챙기면 됩니다."

황제가 크게 웃었다.

"하하하! 외상께서 정확히 말씀하셨습니다. 우리는 누가 승리하든 승리한 편에 서면 됩니다."

"예, 그게 최선이옵니다."

"좋습니다. 지금 당장 수상께 내각회의를 소집하게 하세요. 그리고 오 남작의 제안을 심의해서 좋은 결론을 만들어

오세요."

"그렇게 하겠습니다."

두 사람은 인사를 하고는 급히 편전을 빠져나갔다.

❈

이틀 후, 황제는 영국 특사 두 사람을 다시 불렀다. 이 자리에는 이만수는 물론 수상 정약용과 국방상 백동수도 참석했다.

참석자들은 영국 특사들과 인사를 나누었다. 그리고 어전 회의가 열리는 탁자에 둘러앉았다.

황제가 먼저 나섰다.

"푹 쉬었소?"

"폐하의 배려 덕분에 잘 쉬었사옵니다."

"다행이오. 그럼 특사가 본국을 방문한 까닭을 들어 봅시다."

리처드 웰즐리가 설명을 시작했다.

"그렇게 하겠습니다. 우선 본국이 먼저 탐사를 마친 북미 태평양 연안에 대한 말씀부터 드리겠습니다."

수상이 바로 나섰다.

"특사의 말씀에 상당한 문제가 있음을 지적하지 않을 수 없습니다. 귀국이 우리보다 10여 년 일찍 그 지역을 탐사했던 사실은 인정합니다. 그러나 탐사한 것만으로 자국 영토라고 주장하는 건 설득력이 많이 떨어집니다."

리처드 웰즐리도 물러서지 않았다.

"그렇지 않습니다."

그가 강하게 자신의 주장을 밝혔다.

정약용은 그의 말을 끝까지 듣고서 반박했다.

"영국 이전에 포르투갈과 스페인이 먼저 진출한 지역이 많습니다. 네덜란드도 마찬가지고요. 그런 지역을 귀국이 무력이나 협상으로 얻어 낸 곳이 한두 군데가 아니지요. 이런 사실은 외상께서도 부인 못 할 겁니다."

웰즐리 외상의 답변이 궁해졌다.

"그건, 그만한 사정이……"

"각자의 사정이 있겠지요. 그건 우리도 마찬가지이고요. 우리는 귀국이 태평양 연안을 탐험한 사실을 전혀 몰랐습니다. 하다못해 다녀갔다는 팻말만이라도 남겨 두었다면 사정은 많이 달라졌겠지요. 그렇게 생각하지 않으십니까?"

영국에서 오도원이 한 지적을 정약용이 재차 거론했다.

리처드 웰즐리는 뼈를 맞은 아픈 표정으로 얼굴을 구겼다.

"그 부분에 대해서는 드릴 말씀이 없습니다."

"그리고 귀국은 모르고 있지만, 러시아는 이미 태평양 연안 깊숙이 진출해 있었습니다."

리처드 웰즐리의 눈이 커졌다.

"그런 일이 있었습니까?"

정약용이 서류 하나를 건넸다.

"이 서류는 러시아가 진출한 요새에 관한 기록입니다."

웰즐리 형제는 러시아가 기록한 서류를 급히 들춰 봤다. 그 기록 중에 요새의 위치가 기록된 지도에 시선이 멎었다.

정약용이 부언했다.

"지도를 보시면 알겠지만, 러시아는 밴쿠버에서 얼마 떨어지지 않은 곳까지 내려와 있었습니다. 그리고 더 아래로 내려오다 우리와 만나게 되었고요. 만일 그들을 그대로 두었다가는 캘리포니아까지 내려왔을 것이 분명합니다."

"……이런 일이 있었군요."

지도와 기록을 살핀 영국 특사의 표정은 처음과는 완전히 달라져 있었다. 그들이 생각해도 정약용의 주장이 사실이 될 가능성이 높았기 때문이다.

정약용이 말을 이었다.

"만일 우리가 진출하지 않았다면 태평양 연안은 러시아의 손에 넘어갈 수밖에 없을 겁니다."

"……꼭 그렇지는 않습니다."

"예, 아닐 수도 있지요. 그러나 우리가 진출한 지역은 무주공산이었습니다. 그런데 귀국은 태평양 연안을 개척할 계획이 지금까지 없었습니다. 그 틈을 이용해 러시아는 분명 남하를 계속했을 것이고요. 그러면 어떻게 되었겠습니까?"

웰즐리는 한동안 말을 못 했다. 그러다 황제까지 자신을 주시하는 것을 알고는 겨우 인정했다.

"……후! 상황이 쉽지는 않았을 겁니다."

"러시아는 그들이 진출한 지역을 자의로 물러선 곳이 한 번도 없습니다. 그런 사정을 두 분은 아십니까?"

헨리 웰즐리가 처음으로 나섰다.

"수상 각하의 지적대로 러시아는 그들이 진출한 지역에서 물러난 적은 없었습니다."

"역시 외교관이라서 잘 아시는군요. 그런데 부동항이 염원인 러시아에 북미 태평양 연안은 보고나 다름없는 지역입니다. 더구나 그곳에 항구를 건설하면 북미 지역에 영향력을 행사할 수 있기도 하고요. 그런 지역을 러시아가 물러나려 할까요?"

헨리 웰즐리가 동조했다.

"쉽게 물러나지 않을 겁니다."

"그들은 어떤 대가를 치르더라도 지켜 내려 했을 겁니다. 그런데 귀국은 나폴레옹도 견제해야 하고 미국도 견제해야 합니다. 더구나 인도 경영도 바쁜 상황이고요. 그런 귀국이 실익도 없는 지역에 힘을 쏟을 여력이 있을까요?"

"……."

뼈를 때리는 지적이었다.

웰즐리 형제는 한동안 대답을 못 했다.

두 사람의 기색을 살피던 황제가 나섰다.

"웰즐리 후작."

"예, 폐하."

"우리 대한은 귀국과 선린 우호 관계를 맺고 유지하고 싶소. 그러니 이 문제는 서로의 체면을 상하지 않는 선에서 결정되었으면 좋겠소이다."

리처드 웰즐리도 동조했다.

"외신도 그러고 싶습니다. 그러나 방법이 없어서 걱정입니다."

"대국적인 견지에서 생각하세요. 그러면 대한은 귀국이 필요한 부분을 도와주겠소이다."

웰즐리의 눈이 빛났다.

"본국이 미국과의 사이에 전쟁이 벌어진다면 귀국이 우리를 도와주시겠습니까?"

황제가 딱 잘랐다.

"참전은 불가하오. 그러나 절대 중립은 지켜 줄 수 있소이다."

웰즐리 외상이 아쉬워했다.

"아! 그렇습니까?"

"이상하군요. 영국으로선 미국과 전쟁이 벌어지지 않는 게 좋습니다. 그런데도 외상은 왜 중재에 나서지 않는 건가요?"

"후! 그건 이유가 있어서입니다."

웰즐리가 탁자에 놓인 차로 목을 축였다.

"우리 영국은 국적 포기를 인정하지 않습니다. 그 원칙에 따르면 미국 인구의 절반 이상이 우리 영국인입니다. 그래서 우리 영국 해군에서는 미국 선원들을 다수 징병했는데, 그걸 미국 정부가 문제 삼고 있습니다."

"그렇게 하지 않으면 되지 않소?"

웰즐리의 고개가 저어졌다.

"그럴 수가 없습니다. 징병은 본토에서도 거의 무차별적으로 진행되고 있습니다. 더구나 해군에서는 미국 선박이라고 특혜를 줄 수 없다는 주장을 하고 있고요."

정약용이 고개를 갸웃했다.

"특혜라니요? 타국 선원을 징발하지 않는 게 어떻게 특혜라는 말입니까?"

"방금 말씀드린 대로 우리 영국은 국적 포기를 인정하지 않고 있어서 그렇습니다."

"그러면 영국 출신 미국인의 자손이 태어나도 영국인인 겁니까?"

"원칙으로는 그렇습니다."

황제도 어이없어했다.

"아니, 어떻게 그런 식의 해석을 할 수 있다는 말이오. 그 규정에 따르면 미국에서 몇 대를 살아도 영국인이라는 말이

잖소?"

헨리 웰즐리가 대신 나섰다.

"폐하께서 이해해 주십시오. 국왕 폐하도 그렇지만, 우리 영국은 아직도 미국의 독립을 인정하지 않으려는 경향이 강합니다. 그리고 유럽에는 제가 생각해도 어이없고 이해할 수 없는 법이 의외로 많습니다."

"흠! 영국으로서는 엄청난 자국 주민을 이주시켰으니 그럴 만도 하겠지."

"예, 그래서 미국 독립을 부추기고 지원했던 프랑스라면 이를 갈고 있는 것이옵니다."

황제가 결정했다.

"좋소. 만일 영미가 전쟁을 벌이면 절대 중립을 지켜 주겠소. 그리고 뉴올리언스 주둔군을 여단으로 격상시키겠소이다. 아울러 미시시피강의 주요 거점마다 중대 규모 이상의 병력도 주둔시키겠소. 그러면서 미군 병력의 도강을 철저하게 차단하면 미국에 상당한 압박으로 작용할 거요."

리처드 웰즐리의 얼굴이 환해졌다.

"귀국에서 병력을 그런 식으로 배치해 준다면 전쟁 수행에 큰 도움이 될 것입니다."

헨리 웰즐리도 나섰다.

"폐하! 뉴올리언스는 물론이고 미시시피로의 미군 이동을 차단해 주십시오."

황제가 즉석에서 화답했다.

"우리가 통행권을 미국에 인정해 주면서 반드시 평화로운 이용만 허용한다고 했소. 만일 미국이 그러한 규정을 어기고 병력을 이동시킨다면 미시시피의 통행을 불허할 명분이 생기게 되는 것이오. 그러니 그 부분은 조금도 걱정 마시오."

"미국이 협약을 무시할 수도 있지 않겠습니까?"

황제가 싱긋이 웃었다.

"그렇게 하지 않을 거요. 만일 그런 일이 발생한다면 미국은 두 번 다시 미시시피를 무상으로 이용하지 못하게 될 거요. 그리고 유상 이용을 하려고 해도 톡톡한 배상금을 지불해야 할 거요. 계약을 파기한 대가로요."

황제는 분명 웃었다.

그런데 웰즐리 형제는 그런 황제의 미소에 등골이 오싹해졌다.

"자! 이 정도면 우리로서는 최선을 다한 거 같은데, 외상께서는 어떻게 생각하시오?"

"폐하! 좀 더 배려해 주셨으면 하옵니다. 우리 영국의 의회는 상하 양원이 있습니다. 거기에 소속된 의원들을 설득하려면 보다 확실한 대가가 필요합니다."

황제가 잠시 고심했다.

"좋소. 그러면 이렇게 하겠소. 우리가 이번 협상의 중재 대가로 프랑스에 통조림 제조 기술을 넘겨주었소. 만일 영국이 태평양 연안을 양보한다면 그 기술을 영국에도 이전시켜 주겠소. 아울러 밴쿠버를 뉴올리언스와 같이 국제 자유무역 항으로 전면 개방하겠소이다."

리처드 웰즐리의 눈이 번쩍 뜨였다.

"그게 정말이십니까?"

"그렇소. 이 정도의 파격적인 조건이라면 영국에게도 결코 손해가 아닐 것이오."

리처드 웰즐리가 바로 동조했다.

"좋습니다. 그 정도면 우리도 충분히 양보할 용의가 있습니다."

바로 탁자에 지도가 펼쳐졌다. 영국도 나름대로 생각을 하고 온 게 있던 덕분에, 로키산맥을 기준으로 한 영토 경계는 너무도 쉽게 결정되었다.

그런데 영국이 의외의 문제를 제기했다.

"이 지역은 본래 허드슨사가 개척에 관한 권리를 갖고 있었습니다. 아울러 원주민과의 모피 거래와 사냥도요. 여기에 대해 귀국이 조금 양보해 주셨으면 하옵니다."

황제가 통 크게 결정했다.

"좋소. 허드슨사가 원주민과 하던 모피 거래는 인정해 주겠소. 아니, 거래의 편의를 위해 상설 거래소도 열어 주겠소. 그러나 허드슨사 소속 포수의 사냥은 무분별한 남획을 막기 위해 금지할 것이오."

"사냥은 금지하지만 거래는 허용하신다는 말씀이군요."

"그렇소이다."

"귀국이 그 정도로 양보해 주신다면 허드슨사도 반대하지 않을 것입니다."

황제가 마지막 방점을 찍었다.

"러시아의 남진도 우리 대한이 책임지고 막아 낼 것이오. 그리고 밴쿠버를 개방하면 영국에게 최우선적으로 사용하게 해 주겠소. 이 정도면 영국으로선 최고의 결과라 할 수 있을 거요."

리처드 웰즐리도 두말하지 않았다.

"폐하의 배려에 감사드립니다. 그 정도면 우리 영국도 체면을 차릴 정도는 되옵니다."

황제는 영국이 우려하던 문제를 전폭적으로 수용해 주었다. 거기다 군사력 증강에 큰 도움이 될 통조림 제조 기술도 넘겨주겠다고 한다.

여기에 러시아의 남진도 대한이 책임지고 막아 내겠다고 약속했다. 밴쿠버도 자유무역항이 되면서 최우선 사용권도 확보할 수 있게 되었다.

영국으로선 쓸모없는(?) 동토와 산악 지대를 양보하면서 여러 이권을 확보하게 되었다. 영국으로서는 대한과의 협상을 통해 얻을 수 있는 최대치를 얻게 된 것이나 다름없었다.

그 덕분에 협정문 작성은 일사천리로 진행되었다. 협정문

개혁군주

의 날인을 마친 리처드 웰즐리가 만족해했다.

"감사합니다. 귀국의 양보로 좋은 결실을 보게 되었습니다."

정약용도 인사했다.

"다행입니다. 양국이 서로 양보해 좋은 결실을 볼 수 있었습니다."

가장 중요한 협의가 끝났다.

그런데 헨리 웰즐리가 생각지도 않은 문제를 꺼냈다.

"이렇게 양국이 만날 기회는 흔치 않습니다. 그러니 이 기회에 다른 문제도 논의해 보시는 건 어떨는지요?"

정약용도 동의했다.

"좋습니다. 무엇을 먼저 논의하면 되겠습니까?"

"우선은 확인하고 싶은 사안이 있습니다."

"말씀해 보시지요."

"귀국은 앞으로 인도 대륙으로 진출하실 겁니까?"

정약용은 생각지도 않은 질문에 순간적으로 당황했다. 그러나 이런 질문을 하는 것 자체가 대한의 국력을 인정한다는 의미나 다름없었다.

정약용이 유연하게 대처했다.

"인도 대륙에는 수백 개의 번왕국이 있는 것으로 압니다. 그런 나라들과의 교류와 교역은 자연스러운 일이 아닌가요?"

"그렇기는 합니다만……."

"그런데 왜 이런 질문을 하는 건지요?"

"솔직히 말씀드리겠습니다. 본국은 인도아대륙 평정을 위해 국력을 집중하고 있습니다. 그런 상황에서 귀국이 진출하면 전쟁은 필연적으로 벌어질 수밖에 없을 것 같아서입니다."

"너무 그렇게 단정하실 필요가 있겠습니까?"

헨리 웰즐리가 고개를 저었다.

"아닙니다. 이 문제는 방금 협의를 마친 북미보다 우리에게는 더 중요한 문제입니다."

"흐음! 그렇습니까?"

리처드 웰즐리도 나섰다.

"양국의 선린 우호를 위해 부디 현명한 판단을 해 주었으면 합니다."

정약용은 잠시 고심했다.

워낙 갑작스러운 질문이었다. 그리고 대한으로선 생각지도 않고 있는 사안인 데다 쉽게 대답할 사안도 아니었다.

이때였다.

나폴레옹의 야욕

대화를 듣고 있던 황제가 나섰다.

"수상, 그 문제는 짐이 직접 정리하는 것이 좋겠습니다."

정약용이 바로 물러섰다.

"그렇게 하십시오. 신으로서는 생각지도 않은 질문이어서 쉽게 결정하기 어려웠습니다."

황제가 웰즐리 형제를 바라봤다.

"먼저 그 문제를 우리와 협의해 주어서 고맙소."

헨리 웰즐리가 대답했다.

"아닙니다. 동양 국가 중 귀국처럼 해군을 대단위로 운영하는 나라는 없습니다. 당연히 귀국의 군사력이 대단한 것도 사실이고요. 그런 군사력이 뒷받침되었기에 북미로의 진출도 놀랍도록 빠르게 이뤄지는 것 아니겠습니까?"

황제도 인정했다.

"그 말은 맞소이다. 우리는 북미 개척을 위해 여객선도 몇 척을 상설 운행하고 있지요. 아울러 몇 개의 함대도 운용하고 있기는 하오. 그런 함대 중 태평양을 방어하는 대양함대도 있고요."

"그러시군요. 그래서 저는 강력한 군사력을 보유한 귀국의 의향을 묻지 않을 수 없었습니다."

"그냥 도움을 바라는 건 아니겠지요?"

리처드 웰즐리가 나섰다.

"폐하께서 먼저 조건을 말씀을 해 주십시오. 귀국이 인도 진출을 않겠다는 약속을 한다면 본국의 국익을 해하지 않는 한도에서 최대한 받아들일 용의가 있습니다."

황제가 잠깐 고심했다.

"……본국의 중동 진출을 묵인해 주시오. 그리고 인도 번 왕국에 대한 교역을 제한하지 마시오. 그러면 우리도 절대 인도에 진출하지 않겠소."

리처드 웰즐리의 눈이 커졌다.

"중동이라면 이집트로 진출하시겠다는 것입니까?"

황제가 고개를 저었다.

"아니요. 이집트는 양국의 선린 우호를 위해서라도 진출하지 않을 거요."

"우리 영국이 이집트에 진출해 있는 사실을 폐하께서 아시는군요."

"그렇소이다."

"그러면 어디로 진출하시겠다는 것인지요?"

"아라비아반도 동부 지역과 페르시아 방면이오."

"좋습니다. 그렇게 하지요. 그런데 페르시아는 그렇다 쳐도, 아라비아반도 동부는 전부 모래뿐입니다. 더구나 오스만과의 문제를 해결해야 진출할 수 있는데 괜찮겠습니까?"

"그 문제는 우리가 해결하겠소이다."

"좋습니다. 그렇게 하겠습니다."

"아! 그리고 말이 나온 김에 하나 더 정리합시다."

"말씀하시지요."

"귀국이 호주 남부에 진출해 있는 것으로 알고 있소. 그런데 우리도 호주 북부에 진출해 있는데, 이 부분도 이번 기회에 정리하는 게 좋지 않겠소?"

리처드 웰즐리가 깜짝 놀랐다.

"아! 귀국도 호주에 진출해 있습니까?"

정약용이 대신 대답했다.

"예, 20여 년 정도 됩니다."

"그렇군요. 그런 사실을 우리는 몰랐습니다."

황제가 나섰다.

"당연히 그럴 수밖에요. 호주는 섬이지만 그 넓이가 인도의 두 배 이상입니다. 그래서 섬이지만 대륙이라고 해야 합니다."

리처드 웰즐리의 눈이 더 커졌다.

"호주가 그렇게 넓습니까?"

"그렇소이다. 그런데 아쉽게도 사람이 살 수 있는 지역은 해안 지대뿐이지요. 내륙은 사람이 살기 어려운 황무지나 사막이오. 아! 물론 중간중간 오아시스처럼 된 곳이 있기는 하지요."

"귀국에서는 호주 내륙도 탐험했나 봅니다."

"그렇소이다."

"하! 놀랍군요. 우리는 이제 겨우 죄수 유형지에서 벗어나 개척을 시작하려고 하는 단계입니다. 그런데 귀국은 벌써 내륙까지 탐험을 했다니요."

"남부에서 내륙으로 가려면 거대한 산악 지대를 넘어야 할 거요. 그런 장벽 때문에 귀국의 탐사가 늦어졌을 것이고요."

리처드 웰즐리의 고개가 저어졌다.

"놀랍습니다. 귀국이 그런 사정까지 파악하고 있을 줄 몰랐습니다. 맞습니다. 호주는 동부에서 남부까지 거대한 산맥이 형성되어 있습니다. 그 산맥을 우리는 그레이트디바이딩 산맥이라고 하지요."

"그런 산악 지대가 있기에 남부와 동부 해안이 풍요로운 겁니다. 그렇지 않았다면 내륙의 거친 바람을 견뎌 내지 못

했을 거예요."

"맞는 말씀입니다."

황제의 이런 지식은 전생 덕분이었다.

북부를 개척한 대한이 탐사단을 파견하고는 있었다. 그러나 탐사단이 호주 상황을 낱낱이 파악하기에는 시간이 더 있어야 했다.

헨리 웰즐리가 나섰다.

"귀국이 호주 개척을 이렇게 발 빠르게 진행하고 있는 줄 몰랐습니다. 솔직히 저희도 이번 기회에 호주에 대한 권리를 획정 짓고 싶기는 합니다. 그런데 문제가 있습니다. 호주는 남부 일부만 우리 영토로 천명한 상황입니다."

황제가 밀어붙였다.

"그래서 이번에 결정을 하자는 거요."

"우리도 그게 좋기는 합니다. 그런데 호주 내륙이 황무지라고 해도 엄청난 면적인데, 나중에라도 문제가 되지 않겠습니까?"

"물론이오. 짐은 영국이 유럽 최강대국이 될 것을 믿어 의심치 않아요. 그리고 우리 대한은 이미 동양의 최강대국이 되었소이다. 이런 양국이 천명하면 어느 나라가 반발을 하겠소."

정약용이 거들었다.

"지금은 호주에 관심을 쏟는 유럽 제국이 없습니다. 그리고 호주가 이렇게 넓은지도 모르는 상황이고요."

리처드 웰즐리가 결정했다.

"좋습니다. 귀국의 제안대로 여기서 결정을 하지요. 그러면 어떤 식으로 하면 되겠습니까?"

황제가 정리했다.

"양분하는 게 좋겠지요. 어떤 방식으로 양분하는지는 귀국에 양보하겠소."

"감사합니다. 동서로 나누도록 하지요. 귀국이 양보해 준다면 우리는 동쪽을 선택하겠습니다."

"비옥한 영토를 얻겠다는 말이군요."

"우리가 진출한 지역이기도 하니까요."

황제가 흔쾌히 대답했다.

"그렇게 하세요. 그 대신 호주 북부의 양쪽으로 솟은 부분은 중앙에서 벗어나더라도 한쪽은 우리에게 넘겨주시오. 그러면 전체 면적에서 우리 쪽이 조금 넓어질 겁니다."

리처드 웰즐리도 흔쾌히 승낙했다.

"그렇게 하겠습니다. 귀국이 먼저 양보해 주신 만큼 우리도 그 정도는 양보하겠습니다."

양국은 인도와 중동 진출에 이어 호주 양분에 대해서도 협정을 체결했다.

헨리 웰즐리가 소회를 밝혔다.

"놀랍고도 위대한 협상이었습니다. 내용도 놀랍지만 불과

하루 만에 협의가 끝났다는 점도 참으로 놀랍습니다."

정약용도 가세했다.

"오늘의 이 결정은 양국의 우호 증진에 결정적 도움이 될 것입니다. 우리 대한은 귀국의 동양 진출에도 최대한 도움을 드리겠습니다."

"감사합니다. 그러려면 귀국도 개항을 서둘러야 하지 않겠습니까?"

"조금만 더 기다리면 됩니다. 지금 본국은 내부 정비에 국력을 집중하고 있습니다. 그 일이 마무리되면 정식으로 개항을 할 것입니다."

"오! 그럼 몇 년만 더 기다리면 되겠군요."

"그렇습니다. 그리고 곧 있으면 상해를 전면 개방할 예정이니 적극 활용하세요. 상해는 송과 청에게만 개방이 되어 있지만, 앞으로는 광주보다 교역을 하는 데 훨씬 용이할 겁니다."

"그렇지 않아도 상해가 엄청난 속도로 발전하고 있다는 말은 들었습니다."

"예, 상해에는 대형 상선 수십 척이 한꺼번에 접안할 수 있는 항만이 건설되어 있습니다. 창고도 수백 동이 건설되어 있지요."

"창고까지 만들어 놓았습니까?"

"하하! 그렇습니다. 우리는 송, 청과의 협상을 통해 황포

강의 동쪽 지역을 모두 확보했습니다. 그렇게 확보한 면적은 넓어서, 세계 여러 나라가 진출해 경제활동을 하는 데 불편하지 않을 겁니다. 거기다 주산군도도 본국 영토이고요."

헨리 웰즐리가 은근히 탐욕을 드러냈다.

"조차(租借)도 가능하다는 말씀입니까?"

정약용이 따끔하게 지적했다.

"조차는 없습니다. 그리고 외교 관계는 호혜 평등이 원칙인데 조차를 거론하는 건 예의가 아니라고 생각합니다."

헨리 웰즐리의 얼굴이 붉어졌다. 그는 급히 동양식으로 고개를 숙이며 사과했다.

"죄송합니다. 제가 결례를 범했습니다."

"알겠습니다. 그리고 개방 이후 영사관 개설은 정식 절차를 밟아 주면 언제라도 인정해 줄 겁니다. 그러니 외교적으로 처리해야 할 문제가 생기면 본국의 상해총독과 협의해서 풀어 나가면 될 겁니다."

"그렇게 하겠습니다."

또 하나의 협정이 체결되었다.

대한은 협상에서 최고의 성과를 거뒀다. 영국도 나름대로 최선의 성과를 거뒀다. 특히 동양의 최강대국인 대한제국을 우호 세력으로 만들었다는 사실에 대해 만족해했다.

협상이 끝나고 웰즐리 형제는 바로 돌아가지 않았다. 두 사람은 대한의 발전상과 철도를 직접 확인하고 싶어 했다.

황제는 요청을 흔쾌히 받아들였다.

대한으로선 국력을 보여 줄 필요가 있었다. 그래야만 혹시 발생할 수 있는 영국의 오판을 사전에 방지할 수 있었기 때문이다.

웰즐리 형제도 마찬가지였다.

이들도 대한의 국력을 어느 정도는 파악하고 돌아가야 했다. 그래야 협상이 최선이었다는 확신을 갖고 보고서를 쓸 수 있었기 때문이다.

이런 이해관계가 맞물려 웰즐리 형제는 대한의 이곳저곳을 둘러봤다. 가장 관심이 컸던 철도는 경경선을 몇 번이나 왕복했다.

공장 지대도 여러 곳을 둘러봤다.

수도경비사령부도 방문해 장병들을 사열도 받았다. 대한 수군의 함대를 방문해서는 그 규모에 가장 크게 놀라기도 했다.

그러면서 웰즐리 형제는 알게 되었다. 대한과의 타협이 성공적이었다는 사실을.

그래서 방문을 마치고 돌아가는 배에 탔을 때는 더없이 만족한 표정을 지을 수 있었다.

영국과의 대타협을 마친 황제는 한족 이주에 더 박차를 가했다. 이런 와중에 대륙 지역을 대상으로 토지개혁이 시행되었다.

지금까지 대륙에서 전면적인 토지개혁이 시행된 적은 없었다. 더구나 20년 분납 조건은 거의 무상 분배나 다름없었다.

그래서 더 폭발적인 호응을 불러왔다.

토지개혁은 시행하자마자 대륙의 민심이 단번에 바꿔 놓았다. 여론이 바뀌면서 각종 개혁 정책을 탄력적으로 추진할 수 있었다.

국가 발전의 근간이 될 사회간접자본 공사가 거침없이 진행되었다. 포로를 활용한 도로와 철도는 엄청난 속도로 뻗어나갔다.

개혁이 진행되면서 본토에서는 자산가들이 대거 생겨났다. 대륙 민심이 안정되면서 이들의 투자로 대륙 지역에 대규모 공단이 속속 들어섰다.

공장이 들어서면서 월급 생활자들이 대거 생겨났다. 이렇게 생겨난 월급 생활자들로 인해 경제발전은 속도가 더해졌다.

북미 대륙에도 철도가 부설되었다.

대한은 포로 수천 명을 엄선했다.

선발된 포로들이 최초로 북미로 넘어갔다. 북미로 넘어간 포로는 철도 부설이나 광산에 투입되었다.

오랫동안 노역한 포로들은 노동에 최적화되어 있었다. 이들이 투입되면서 철도 공사는 엄청난 속도로 진행되었다.

철도가 부설되면서 역이 생겨났다.

역마다 상설시장이 개설되면서 역을 중심으로 도시가 형성되었다. 도시가 형성되면 이주도 배가되면서 개척은 훨씬 더 탄력을 받았다.

유럽도 큰 변화가 있었다.

매각 대금으로 병력을 충원한 스페인은 프랑스의 도움으로 반군을 정리해 나갔다. 그런데 이때, 영국의 우려대로 미국이 전쟁을 선포했다.

영국은 난감한 처지가 되었다.

스페인 반군을 지원하고 있는 병력을 뺄 수가 없었다. 그렇다고 해양을 봉쇄하고 있는 해군을 북미로 보낼 수도 없었다.

그래서 영국은 방어 전략을 채택할 수밖에 없었다. 그런데 전쟁을 선포한 미국이 전쟁 찬반으로 자중지란에 빠졌다.

더욱이 미국은 정규 병력이라고 해 봐야 몇천에 지나지 않았다. 그래서 전쟁을 시작하고서 바로 영국을 밀어붙이지 못한 상황이 되었다.

나폴레옹은 기회를 놓치지 않았다.

스페인에 투입했던 병력 일부를 철수했다. 그러고는 남은 병력으로 스페인 왕실을 돕게 하면서 스페인 내전을 고착화해 버렸다.

스페인에서 병력을 철수한 나폴레옹은 러시아와의 전쟁

준비에 돌입했다. 우선 병력을 독일과 위성국인 바르샤바공국에 전진 배치했다.

라인동맹과 바르샤바공국으로부터 20만 병력을 지원받았다. 그러고는 대한제국의 조언을 받아들여 군비 확충과 장기전에 대비한 준비에 돌입했다.

이때 러시아는 오스만과 전쟁 중이었다. 그러다 프랑스가 병력을 전진 배치하자, 오스만에게 점령지 대부분을 돌려주며 급히 휴전한다.

그러고는 병력을 방어선에 투입했다.

나폴레옹은 서두르지 않았다.

그는 1년여 넘게 원정을 준비했다. 그렇게 모든 준비를 마친 1814년 봄. 리투아니아와 백러시아를 흐르는 네만강을 건너며 원정을 시작했다.

❋

영국과의 대타협에 성공한 황제는 유럽 상황에 촉각을 세웠다. 유럽의 사정을 알기 위해 중앙 초원 부족의 협조를 받아 연결망을 만들었다.

대한이 연경에 입성하면서 수많은 과거 왕조기록들도 대거 입수할 수 있었다. 그러한 서류 중에는 칭기즈칸이 만들었던 역참에 대한 기록도 있었다.

국방성은 이 기록을 참고해서 몽골의 역참을 복원했다. 덕분에 나폴레옹의 러시아 원정은 한 달도 되지 않아 황제에게 보고되었다.

황제는 이때 요양에 돌아와 있었다.

"드디어 나폴레옹이 거병했네요. 프랑스군이 네만강을 건너 원정을 시작했다고 합니다."

백동수가 고개를 끄덕였다.

"폐하의 예상대로 되었습니다. 나폴레옹은 끝내 야욕을 버리지 않고 러시아를 침략했습니다."

"프랑스로서도 어쩔 수 없는 선택이라고 봐야 합니다. 나폴레옹이 유럽의 패권을 차지하기 위해서는 반드시 넘어야 할 산이 러시아입니다. 영국의 산업생산을 어렵게 만들기 위해서라도 러시아에서 넘어가는 원자재를 막을 필요가 있었고요."

"프랑스가 2년 가까이 원정을 준비했습니다. 그런 상황을 보건대, 폐하를 대신한 오도원 백작의 조언을 나폴레옹 황제가 받아들인 것이 분명합니다."

황제도 동의했다.

"그랬을 겁니다. 그렇지 않았다면 2년 전에 거병했겠지요."

정약용은 궁금했다.

"프랑스가 준비 없이 러시아 원정에 나섰다면 분명히 패전했을 것입니다. 그런데 저는 궁금한 점이 있사옵니다."

황제가 먼저 대답했다.

"짐이 나폴레옹에게 왜 조언해 주었느냐는 말씀이지요?"

백동수가 고개를 끄덕였다.

"그렇사옵니다. 나폴레옹이 러시아를 굴복시킨다면 진정한 유럽의 패자가 됩니다. 그렇게 되면 영국도 감당하기 어려워집니다. 오스만은 더 말할 나위도 없고요."

황제가 의외의 발언을 했다.

"나폴레옹이 러시아원정에 성공한다면 그렇게 되겠지요. 그러나 나폴레옹은 결코 쉽게 승리하지 못합니다."

백동수가 놀랐다.

"폐하께서는 승리할 수 있는 결정적 조언을 해 주셨사옵니다. 프랑스는 거기에 따라 나름대로 준비를 철저히 했고요. 그런데도 프랑스가 이기지 못할 거라고 예상하시옵니까?"

"러시아의 저력은 밖으로 드러난 이상으로 탄탄합니다. 그리고 러시아도 그동안 나름대로 방어 준비를 했을 겁니다. 짐은 프랑스가 러시아를 압박해서 초토화하는 정도까지만 바라요. 그래야 러시아가 한동안 밖으로 눈을 돌리지 못할 테니까요. 그리고 러시아가 어려움에 빠져야 우리가 비집고 들어갈 틈이 생겨납니다."

백동수의 눈이 커졌다.

"폐하께서는 처음부터 러시아의 어려움을 이용할 계획이

셨군요."

"그래요. 국익에 가장 좋기 때문이지요."

이어서 황제가 자신의 생각을 밝혔다.

그 설명을 들은 백동수가 크게 고개를 끄덕였다.

"그렇게만 된다면 우리로서는 더 바랄 게 없겠습니다. 그런데 러시아가 버티지 못하고 굴복하게 되면 어떻게 됩니까?"

"그렇게 되어도 별문제는 없을 거예요. 만일 그런 상황이 된다면 우리는 프랑스를 앞세워 협상하면 될 테니까요."

"스페인의 선례가 있으니 가능한 일이기는 하겠습니다."

"그러나 국익을 위해서는 러시아가 자발적으로 협상을 해 주는 게 좋아요. 그렇게 되어야 나중에라도 문제가 되지 않습니다."

백동수가 대번에 우려했다.

"그러면 더없이 좋은 일이지요. 그런데 러시아가 우리와 협상을 하려 하겠사옵니까? 러시아는 지금까지 자신들이 진출했던 지역을 타국에 넘겨준 경우는 한 번도 없다고 들었습니다."

"그래서 자발적으로 나서기를 바라는 거예요. 그렇게 될 수 있도록 프랑스에 한껏 힘을 실어 준 것이고요."

"우리를 위해서라도 러시아가 잘 버텨야겠습니다."

"그래야지요. 러시아는 내부적으로 상당히 많은 문제가

있는 나라입니다. 그럼에도 러시아는 쉽게 굴복하지 않을 겁니다. 그만큼 저력도 있고 국민성도 외침을 절대 용납하지 않습니다."

백동수도 이 점에는 동조했다.

"러시아로서는 타타르의 멍에를 또다시 지려 하지 않을 것이기 때문이겠지요."

"맞아요. 그래서 러시아는 수단 방법을 가리지 않고 버텨낼 겁니다. 그러다 보면 러시아 국력은 절로 피폐해질 것이고요."

"국경을 마주하고 있는 우리에게는 더없이 좋은 일이겠습니다. 더불어 중앙 초원에서의 영향력도 커질 것이고요."

황제가 크게 머리를 끄덕였다.

"맞습니다. 그렇게 되라고 프랑스에 도움을 준 것이니 좋은 결과를 기대해 봐야지요."

백동수가 의제를 바꿨다.

"그런데 폐하, 영미전쟁이 의외로 오래갑니다."

황제도 인정했다.

"맞아요. 영국이 유럽 상황 때문에 전력을 기울이지 못하고 있습니다. 그렇다고는 해도 전황이 이처럼 지지부진해질 줄은 몰랐네요."

"다수의 원주민이 영국을 돕는다고 하던데, 그 영향 때문일까요?"

"어느 정도 영향은 있겠지요. 그보다 미국의 군사력이 이렇게 형편없을 줄은 생각도 못 했습니다."

"그러게 말입니다. 지금 보면 나폴레옹이 대륙봉쇄령을 일찍 푼 것이 신의 한 수 같습니다."

황제가 크게 웃었다.

"하하하! 신의 한 수라고요?"

"예, 대륙봉쇄령이 길어졌다면 프랑스와 동맹국들에 큰 타격이 되었을 겁니다. 스페인에서도 프랑스가 파견한 20만 병력이 발목을 잡히면서 나폴레옹은 곤욕을 치렀을 것이고요."

"그렇게 되었겠지요."

"그렇게 되었다면 나폴레옹이 무리해서 러시아 원정을 감행했을 것입니다."

황제도 동조했다.

"그랬다면 프랑스가 필패했을 겁니다. 러시아의 겨울은 프랑스가 생각하는 상상 이상이니까요."

"그런데 지금은 거꾸로 되었습니다. 스페인에서 발목이 잡힌 것은 프랑스가 아니라 영국입니다. 여기에 나폴레옹의 러시아 원정까지 겹치면서 해군함대조차 북미로 쉽게 보내지 못하는 상황이 되었습니다."

황제가 싱긋이 웃었다.

"덕분에 본국의 위상이 북미에서 확실하게 자리를 잡게 되었잖아요."

"그건 그렇습니다. 영국이 파병을 하지 않고도 잘 싸울 수 있는 것은 우리가 철저하게 중립을 지켜 준 덕분입니다."

"그뿐만이 아니지요. 미시시피와 뉴올리언스의 군사적 이용을 금지하면서 얻게 된 유무형의 도움도 상당하다고 봐야지요."

"맞습니다."

"국방상께서도 잘 살펴보세요. 우리가 전쟁에 참전은 안 했지만, 이번이 우리의 위상을 세상에 알리는 데는 더없이 좋은 기회입니다."

"명심하겠습니다."

황제는 눈을 빛내며 유럽 지도를 바라봤다.

북극곰의 결정

네만강을 건넌 프랑스는 거침없이 전진했다.

나폴레옹군의 주력은 포병과 기병이다. 동유럽 지역은 거의 평지여서 기병의 기동력도 최대한 살릴 수 있었으며 포병의 이동도 여유가 있었다.

준비가 짧았다면 속전속결을 해야 한다. 더구나 모스크바만 점령하면 된다는 오판을 했다면 더 그러했을 일이었다.

그러나 이번 원정은 아니었다.

철저하게 준비했으며 모스크바 점령 이후 장기전을 염두에 두고서 원정에 나섰다. 그런 프랑스는 서두르지 않고 주변을 정리하면서 전진했다.

비가 오면 행군을 멈추고 병사들의 건강부터 챙겼다. 특히 원정 이후 곧바로 장마가 시작되자, 나폴레옹은 그 즉시 진격을 멈추고서 전염병 예방에 전력을 기울였다.

이런 노력 덕분에 비전투로 낙오된 병력 손실을 크게 줄였다. 가공된 식품 통조림과 대한에서 수입한 의약품이 결정적 역할을 했다.

그렇게 장마를 이겨 낸 프랑스군은 거침없이 진격했다.

프랑스의 주력과 맞선 러시아의 제1서부군은 바클라이 드 톨리 장군이 지휘했다.

양군은 주요 거점마다 맞싸웠으며 그때마다 프랑스군이 승리했다. 패전이 계속되면서 러시아는 계속 후퇴할 수밖에 없었다.

러시아군은 퇴각하면서 들판을 모조리 불태웠다. 그러던 제1서부군은 드네프르 연안의 스몰렌스크 전투에서도 대패하게 된다.

스몰렌스크는 모스크바에서 400여 킬로미터다.

막대한 군수물자가 보관된 군수기지였다. 이런 거점에서 패전하자 러시아 차르 알렉산드르1세는 급히 사령관을 미하일 쿠투조프로 교체했다.

이전까지 청야 전술은 어쩔 수 없는 상황에서 벌어진 경향이 많았다. 그런데 미하일 쿠투조프는 부임하자마자 들판뿐만 아니라 가옥도 모조리 불태우는 진정한 청야 전술을 펼쳤다.

프랑스는 러시아의 전술에 휘말리지 않았다. 그 대신 주변을 챙기면서 차분히 전진해 나갔다.

후퇴하던 러시아군과 전진하던 프랑스군은 필연적으로 조우했다. 그 지점이 모스크바에서 서쪽으로 110킬로미터 떨어진 모자이스크 보로디노(Borodino)였다.

프랑스가 급하게 움직였다면 장마 동안 전염병으로 15만이 넘는 병력과 수만 필의 말을 잃었을 것이다. 그러나 철저하게 준비한 덕분에 피해를 최소화했다.

그렇게 비전투 피해를 최소화한 덕분에 동맹군의 낙오도 거의 없었다. 덕분에 프랑스군의 사기는 원정 초기보다 더 올라 있었다.

프랑스군은 60만 병력 대부분을 유지할 수 있었다. 반면 연패를 거듭하며 후퇴했던 러시아군은 15만 정도의 병력만이 참전했다.

러시아군 사령관 미하일 쿠투조프는 처음부터 정면 격돌을 선택했다. 그는 이번 기회에 프랑스군 병력을 소모시켜 장기전에 유리한 고지를 점할 계획을 갖고 있었다.

만일 프랑스군이 비슷한 병력이고 기병 전력의 손실이 컸다면 성공했을 가능성이 높았다. 그러나 프랑스는 나폴레옹의 노력으로 기병 전력도 고스란히 보전해 있었다.

전투는 새벽 6시.

러시아의 선공으로 시작되었다.

전투는 서전부터 계획대로 되지 않았다.

전투가 시작되자 조아킴 뮈라(Joachim Murat)의 기병군단이 압도적인 기동력으로 밀어붙였다. 거기다 강력한 프랑스 포병이 가세하면서 전황은 급격히 한쪽으로 쏠렸다.

미하일 쿠투조프의 러시아군은 전투에서 승리할 생각은 없었다. 그저 적당히 싸우다가 후퇴해 프랑스군의 전투 역량을 소모시키려 했다.

그러나 이런 계획은 필요가 없었다.

서전부터 밀린 전투는 이내 일방적으로 전개되었다. 그럼에도 러시아군은 용감하고 격렬하게 저항했다.

그런 러시아군을 프랑스는 우세한 포병과 기병을 앞세워 일방적으로 밀어붙였다. 격렬하게 저항하던 러시아군은 중과부적이 되면서 병장기를 버려둔 채 후퇴해야 했다.

후퇴한 러시아군은 불과 1만 정도였다. 수만 명이 전사했으며 그보다 많은 병사가 포로가 되었다.

이 전투에 미하일 쿠투조프가 직접 참전하지는 않았다. 그러나 전투에 간섭하지 않겠다는 차르의 약속까지 받으며 전권을 넘겨받은 그로서는 뼈아픈 패전이었다.

프랑스군은 지체하지 않고 북상해서 며칠 만에 모스크바에 입성했다. 모스크바에 입성한 나폴레옹은 현명한 결정을 한다.

스몰렌스크에서 이미 막대한 전리품을 챙긴 상황이었다.

그래서 나폴레옹은 모스크바에서의 약탈을 철저하게 금지했다.

그러고는 전시 모스크바 총독 로소톱친 백작과 행정 관리들을 전격 구속한다. 이는 오도원이 탈레랑을 통해 조언한 방화를 막기 위한 조치였다.

모스크바 총독을 구속한 나폴레옹은 알렉산드르1세에게 편지를 보내 격렬하게 비난했다. 알렉산드르1세가 비밀리에 명령을 내려 총독으로 하여금 일부러 방화를 하게 했다는 내용이었다.

당연히 알렉산드르1세는 강력히 반발했다. 그러나 모스크바의 민심은 크게 출렁였으며, 정교회 사제들도 잇따라 감사를 표시했다.

모스크바 민심은 급격히 안정을 찾았다.

프랑스군의 절반은 동맹군이었다. 그런 동맹군은 모스크바정복으로 원정이 끝났다는 생각에 기강이 흐트러지려 했다.

이런 상황을 감지한 나폴레옹은 즉시 병력을 점검했다. 그리고 동맹군이 대부분인 절반의 병력으로 상트페테르부르크 공격을 명령했다. 그러고는 친위군단을 이끌고 직접 원정에 나섰다.

이 조치에 동맹군은 크게 실망했다.

그러나 나폴레옹이 직접 나선 원정을 거부할 명분이 없었다. 모스크바가 점령되었음에도 러시아는 항복하지 않는 사실을 직접 확인도 했다.

나폴레옹이 다시 원정을 시작하자 러시아 황실은 발칵 뒤집혔다. 이들은 나폴레옹이 모스크바를 약탈하고는 돌아갈 것으로 예상했었다.

그런 나폴레옹이 30여 만의 병력을 이끌고 다시 원정길에 나선 것이다. 더구나 모스크바는 프랑스의 30만 병력이 주둔하면서 배후 거점이 되었다.

아름다운 상트페테르부르크가 짓밟힐 위기에 처한 것이다. 그럼에도 러시아는 굴복하지 않았다.

차르는 미하일 쿠투조프 사령관으로 하여금 병사를 징발하게 했다. 그러고는 특사를 보내 동맹국인 스웨덴에게 도움을 요청했다.

프랑스군이 트베리(Тверь)에 도착했다.

이 도시는 과거 공국의 수도였으며, 모스크바와 상트페테르부르크를 잇는 노선상에 위치한 지리적 요충지다. 그 바람에 궁전을 비롯해 다양한 기반 시설이 갖춰져 있었으며 인구도 꽤 많았다.

나폴레옹은 이 도시에 며칠 머물며 보름 가까이 행군한 피로를 풀게 했다. 그런데 10월 중순이 넘어가면서 아침저녁으로 제법 쌀쌀해졌다.

병사들 사이에서는 하나둘 추위를 걱정하는 소리가 나오

기 시작했다. 이런 보고를 받은 나폴레옹은 지휘관들을 불러 모았다.

그리고 회의를 거쳐 이 도시에서 겨울을 날 것을 결정했다. 나폴레옹은 병력을 풀어 주변 지역을 점령시켜 나갔다.

트베리에 둥지를 튼 프랑스군은 러시아에 큰 압박으로 다가왔다. 여기서 상트페테르부르크는 500여 킬로미터밖에 떨어져 있지 않았다.

다행히 동장군의 도움으로 당장 프랑스가 쳐들어오지는 않게 되었다. 그러나 프랑스는 모스크바를 장악하면서 장기전에 대비하고 있었다.

이런 상황에서 동맹군 몇만의 참전 정도는 별 도움이 되지 않는다. 더구나 모스크바를 빼앗기면서 곡창지대가 프랑스로 넘어간 것도 문제였다.

더 문제는 여유시간이 별로 없다는 점이다. 다음 해 봄 땅이 굳으면 프랑스는 대대적인 공세를 취하게 되어 있다.

그렇게 되면 스웨덴과 영국 원정군을 받아들일 겨를이 없게 된다. 러시아로서는 겨울 동안 특단의 대책을 강구해야 했다.

상트페테르부르크의 겨울궁전.

러시아 차르가 겨울 동안 머무는 겨울궁전은 발트해와 접해 있다. 그런 겨울궁전 뒤편의 작은 물줄기인 모이카강을 건너면 핑크색의 거대한 건물이 나온다.

이 건물은 스트로가노프 가문의 저택으로, 보통 스트로가노프 궁전으로 불린다. 궁전의 주인인 스트로가노프 가문과 시베리아는 떼려야 뗄 수 없는 인연이 있다.

스트로가노프 가문은 상인 가문이다.

그런 가문은 이반4세로부터 시베리아 개척을 위임받았다. 당시 가문의 수장이 카자크 출신의 예르마크 티모페예비치를 용병단장으로 고용해 시비르한국을 점령하게 한다.

시비르한국은 우랄산맥과 중앙 초원까지 넓은 영토를 보유하고 있었다. 이 시비르한국을 멸망시키면서 비로소 시베리아 시대가 열리게 된 것이다.

스트로가노프 가문은 이 공적으로 백작으로 승작했다. 우랄산맥 일대에 거대한 영지도 차지하게 된다. 그리고 시베리아 모피 교역을 독점하면서 막대한 부를 축적해 왔다.

스트로가노프 가문은 황실과도 가까웠다. 그래서 전대 백작은 엄청난 규모의 카잔 대성당을 건설에 황실에 헌납하기도 했다.

스트로가노프 가문의 당대 가주는 파벨 스트로가노프 백작이다.

백작은 이번 전쟁에 참전했다 부상을 당해 죽을 고비를 넘겼다. 다행히 목숨은 건졌으나 그 때문에 상트페테르부르크로 돌아와야 했다.

백작은 프랑스라면 이가 갈렸다. 그는 조국을 침략한 프랑스를 반드시 몰아내고 싶었다.

그러나 할 수 있는 방법이 없었다.

러시아 최고의 부호인 가문의 자금도 카잔대성당을 건설하면서 크게 줄어들었다. 더구나 이번 전쟁에 거액을 지원하면서 여유 자금도 없었다.

이날도 궁전에 들어갔으나 아무 성과 없이 돌아와야 했다. 그런 백작이 집무실로 들어와서는 사납게 단추를 풀었다.

"후! 답답하구나. 나라가 위기에 빠졌는데도 할 수 있는 게 아무도 없어."

이때, 집사가 안으로 들어왔다.

"백작님을 뵙겠다는 분이 찾아왔었습니다."

집사가 공손히 명함을 내밀었다.

처음에는 성의 없이 명함을 들여다보던 백작이 놀랐다.

"음? 화란양행 대표가 방문했다고? 화란양행이라면 네덜란드동인도회사 출신이 만든 회사잖아?"

집사가 부연했다.

"그러하옵니다. 한국으로부터 유럽 교역 독점권을 얻으면서 급격히 성장한 회사입니다. 북미에서 뉴올리언스도 대리경영하고 있고요. 그리고 스페인이 매각한 북미 협상에도 깊숙이 간여하였고요."

"그렇다면 프랑스와 가까운 사이잖아. 그런 화란양행이 무엇 때문에 나를 보자고 한 거지?"

"시몬스 남작이 이런 말을 남겼습니다. 백작님께서 자신을 만나게 되면 지금의 위기를 타개하는 데 큰 도움이 될 거라고요."

스트로가노프 백작의 눈이 커졌다.

오늘도 난국을 타개하기 위해 겨울궁전에 들어갔었다. 그러나 뚜렷한 대책을 만들지도 못하고 빈손으로 돌아온 마당이었다.

"뭐라고! 우리에게 도움을 준다는 말을 했다고?"

"예, 주인님."

"지금 남작이 어디 있지?"

"항구의 화란양행 사무실에서 기다린다고 합니다."

"당장 사람을 보내 정중히 모셔 오도록 하라."

"예, 알겠습니다."

잠시 후.

시몬스가 백작의 집무실로 들어왔다.

스트로가노프 백작은 마음은 급했으나 최대한 자제했다. 두 사람은 예법에 맞게 인사를 하고는 원탁에 둘러앉았다.

이어서 홍차가 나왔다.

"드시지요."

시몬스가 홍차를 마시고서 감탄했다.

"오! 향이 아주 뛰어납니다. 이런 홍차는 마셔 본 적이 없습니다."

개혁군주

스트로가노프 백작의 입꼬리가 올라갔다.

"가문의 비법으로 제조했습니다. 남작의 입에 맞다니 다행이군요."

"역시 러시아 최고의 가문이십니다. 이렇게 훌륭한 홍차를 비법으로 만드시다니요."

"감사합니다."

두 사람은 잠시 홍차를 두고 한담을 나누었다. 그러다 마음이 급한 스트로가노프 백작이 먼저 본론을 꺼냈다.

"우리 러시아에 도움이 되는 정보가 있다고요?"

"도움이 되는 정보는 아닙니다."

스트로가노프 백작이 안면이 일그러졌다.

"지금 무슨 말씀을 하시는 겁니까? 도움이 되는 정보가 아니라니요? 그러면 나를 만나기 위해 거짓말을 했다는 겁니까?"

"아! 백작님께서 오해하셨나 보군요. 저는 도움이 되는 정보를 드리려는 것이 아니라 도움을 드리려고 온 것입니다. 그것도 결정적인 반전을 꾀할 수 있을 정도의 도움을요."

스트로가노프 백작이 순간 당황했다. 그러나 그는 이내 자세를 바로 하고서 사과했다.

"미안합니다. 제가 집사의 보고를 잘못 들었나 봅니다. 나라 사정이 어렵다 보니 요즘 들어 제정신이 아닙니다."

"충분히 이해합니다."

"다시 말씀드리겠습니다. 우리 러시아가 처한 상황을 결정적으로 반전시킬 방안을 알려 주십시오. 만일 그 방안이 채택된다면 충분한 사례를 하겠습니다."

"좋습니다. 스트로가노프 백작님께서는 대한제국에 대해 알고 계십니까?"

스트로가노프 백작이 인정했다.

"당연히 잘 알고 있지요. 요즘 들어 급격히 부상하고 있는 아시아의 신흥 강국 아닙니까? 그리고 그런 한국의 대유럽 교역을 화란양행이 대행하고 있다는 것도 알고 있습니다."

"역시 러시아 최고의 상인 가문답게 정보가 빠르시군요. 맞습니다. 우리 화란양행은 대한제국을 대신해서 백작님을 찾아뵈었습니다."

스트로가노프 백작의 눈이 커졌다.

"한국을 대신해서 방문하셨다고요?"

"그렇습니다. 귀국은 내년 초에 재개될 프랑스와의 결전 때문에 노심초사하고 있을 겁니다."

스트로가노프 백작이 한숨을 내쉬었다.

"후! 세상이 다 알고 있는 사실이니 숨기지 않겠습니다. 그렇습니다. 솔직히 지금의 우리 러시아로서는 프랑스군을 막아 낼 방안이 뚜렷이 없는 게 현실입니다."

"그렇군요. 예상대로 프랑스의 공격을 막아 낼 방안이 쉽게 마련되지 않는군요."

스트로가노프가 이를 갈았다.

"으득! 모스크바를 너무 쉽게 내주었습니다. 기왕 적에게 내줄 거였다면 철저하게 파괴라도 해서 넘겨줬어야 했습니다. 그러기가 곤란하다면 성에 의지해 결사 항전이라도 해야 했고요. 그랬다면 프랑스 주력이 모스크바에 둥지를 틀지 못했을 겁니다. 병력을 나눠서 진격하지도 못했을 것이고요."

시몬스가 고개를 저었다.

"쉽지 않았을 겁니다. 모스크바 성벽이 아무리 튼튼하다고 해도 프랑스의 60만 대군을 막아 낼 수는 없었습니다."

"물론 나도 우리가 이긴다는 장담은 하지 않습니다. 그러나 프랑스군에 최소한의 타격은 입혔을 겁니다."

시몬스 남작이 고개를 저었다.

"전체 전황을 놓고 보면 모스크바에서 항전은 러시아에 오히려 독이 될 수 있었습니다. 러시아가 모스크바에서까지 패전했다면 지금보다 더 큰 위기에 처했을 가능성이 높습니다. 다음의 결전을 위해 병력을 보전한 것은 잘한 일입니다."

시몬스의 설명에 스트로가노프 백작은 동조를 하기는 했다. 그러나 심정적으로는 모스크바를 넘겨준 것이 너무도 아쉬웠다.

"그래도 모스크바를 그냥 넘겨준 것은 잘못이에요."

"제가 알기로 귀국은 모스크바에서 화공을 펼치려고 했다고 하던데, 맞습니까?"

스트로가노프 백작이 씁쓸해했다.

"예, 그랬다고 하더군요. 그러나 아쉽게 모스크바 총독이 바로 체포되는 바람에 무산되었지요."

"만일 화공 작전이 성공했다면 프랑스군에 큰 타격이 되었겠지요?"

"물론입니다. 쿠투조프 사령관에 따르면 모스크바를 모조리 태워 버리려고 했답니다. 그랬다면 프랑스가 감히 여기서 겨울을 지낼 생각도 못 했을 겁니다. 설사 지낸다고 해도 혹독한 추위에 곤욕을 치렀을 것이고요."

"프랑스도 추위에 대비를 했다고 들었습니다만."

스트로가노프 백작이 피식 웃었다.

"그건 남작께서 모르는 말씀입니다. 우리 러시아에는 유명한 속담이 있지요. 400킬로미터는 멀지 않고, 40도의 술은 독하지 않고, 영하 40도는 춥지 않다는 말입니다."

"그런 속담이 있다는 말은 들었습니다."

"그런 속담이 있을 만큼 러시아의 겨울은 혹독합니다. 따뜻한 곳에 사는 프랑스 사람들은 감히 상상할 수 없을 정도로요. 더구나 모스크바 주변은 청야 작전으로 목재를 구하기도 어려워졌습니다. 아무리 월동 준비를 잘해 왔다고 해도 불이 없는 모스크바는 지옥이나 다름없게 됩니다."

시몬스가 고개를 끄덕였다.

"주력인 프랑스군이 그런 처지가 되었다면 나폴레옹도 상당히 난감했겠습니다."

"그렇지요. 그리고 어찌어찌 겨울을 넘겼어도 쉽게 전투력을 회복시키기 어려웠을 것이고요."

"그래도 나폴레옹은 병력을 나눠 상트페테르부르크에서 500여 킬로미터까지 진격해 있지 않습니까?"

"그렇지요. 그러나 트베리의 병력은 주력이 아닌 동맹군들입니다. 주력인 프랑스군이 타격을 입으면 그 병력도 충격을 받을 수밖에 없습니다."

백작의 설명에 시몬스가 고개를 끄덕이며 동조했다. 그러던 그가 놀라운 발언을 했다.

"제가 드리는 제안에는 모스크바와 관련된 내용도 들어 있습니다."

스트로가노프 백작의 눈이 더없이 커졌다.

"그게 무슨 말씀입니까? 모스크바와 관련된 내용도 들어 있다니요?"

시몬스가 너털웃음을 터트렸다.

"허허허! 그렇습니다. 처음 제가 백작님을 뵈었을 때 드렸던 말씀을 기억하십니까?"

"이번 전쟁을 결정적으로 반전시킬 방안이 있다는 말씀 말입니까?"

"그리고 또 하나가 있었지 않습니까?"

"아! 한국을 대신해서 찾아왔다는 것 말입니까?"

"그렇습니다. 우리 회사 사무실에는 지금 대한제국의 특사가 기다리고 있습니다. 귀국과 협상하기 위해서요."

스트로가노프 백작이 크게 놀랐다.

"그게 정말입니까?"

"그렇습니다. 대한제국은 이미 오래전부터 프랑스가 러시아를 침략할 것을 예상해 왔습니다. 그래서 나름대로 이번 전쟁에 대한 준비를 해 왔다고 합니다."

"그게 무슨 말씀입니다? 준비를 하다니요? 한국이 참전이라도 하겠다는 겁니까?"

"하하하! 참전이라니요. 한국이 무엇이 아쉬워서 이 먼 곳의 전쟁에까지 참전한단 말씀입니까?"

"그렇지 않으면 무엇 때문에 전쟁을 준비해 왔던 겁니까?"

"자세한 사정은 특사를 직접 만나서 확인하시지요. 분명한 사실은 대한제국의 특사는 귀국에 도움을 주기 위해서 왔다는 겁니다."

백작의 눈꼬리가 가늘어졌다.

"이해가 되지 않네요. 한국은 프랑스와 상당히 긴밀한 관계인 것으로 알고 있습니다. 그런 나라가 왜 우리에게 도움을 준다는 겁니까?"

"세부 사항은 저도 모릅니다. 그러나 국제 관계에서 어제의 적이 오늘의 동지가 되는 경우는 비일비재합니다. 귀국도 몇 년 전만 해도 프랑스와 사이가 좋았지 않습니까?"

스트로가노프 백작이 안면을 구겼다.

"그랬지요. 나폴레옹이 변심만 하지 않았다면 지금도 좋은 관계를 유지하고 있었겠지요."

"그렇게 국익에 따라 변하는 게 국제 관계입니다. 더구나 대한제국은 공업 기술이 크게 발달한 나라입니다. 백작께서는 대한제국이 만든 기차에 대한 소문을 들으셨는지요?"

"증기기관으로 만든 기차에 대한 소문은 들었습니다."

"역시 정보 입수가 빠르시군요. 대한제국은 얼마 전 대륙 종단철도를 1차로 완공했습니다. 그런데 그 노선 길이가 무려 4천 킬로미터가 넘는다고 하더군요."

스트로가노프 백작의 눈이 커졌다.

"4천 킬로미터가 넘어요?"

"그렇습니다. 그런 철도 노선이 대한제국 곳곳에 부설되고 있더군요. 그뿐만 아니라 북미에도 철도를 부설하고 있고요."

"놀라운 일이군요. 유럽에서는 어느 나라도 없는 철도 노선을 그렇게 많이 부설했다니요."

"공업 기술이 발전하면 무기도 자연스럽게 발전합니다. 그런 대한제국이 도움을 주겠다고 나섰다는 건 러시아에 아주 좋은 기회입니다. 어떻게 만나 보시겠습니까?"

"……무상 지원은 아니겠지요?"

"당연하지요. 대한제국이 무엇이 아쉬워서 무상 지원을

하러 여기까지 왔겠습니까?"

스트로가노프 백작이 자책했다.

"맞습니다. 당연한 사안을 내가 공연한 욕심을 부렸네요."

잠시 고심하던 백작이 결정했다.

"좋습니다. 만나 봅시다. 그런데 누가 보낸 특사입니까? 신분은 어떻게 되고요?"

"대한제국 황제계서 보내신 특사입니다. 이름은 오도원이고 작위는 백작이며 황실 직할 무역 회사의 대표를 맡은 분입니다."

"아! 그렇다면 폐하를 직접 알현하는 것이 좋겠네요. 그래야 격이 맞을 거 같습니다."

"그렇게 하시지요."

"알겠습니다. 내가 다시 들어가서 폐하를 뵙고 나오겠습니다. 남작께서는 돌아가서 기다리면 연락을 드리겠습니다."

"알겠습니다."

두 사람은 악수를 하고 헤어졌다.

스트로가노프 백작은 그 즉시 겨울궁전으로 들어갔다. 러시아의 사정이 어려웠던 탓에 회담은 바로 성사되었다.

❁

다음 날.

러시아는 오도원이 머물고 있는 화란양행 지점으로 마차를 보냈다. 오도원은 시몬스와 그 마차를 타고 겨울궁전으로 갔다.

러시아의 차르 알렉산드르1세는 거의 잠을 이루지 못하고 있었다. 프랑스군이 500킬로미터까지 다가와 있음에도 이를 몰아낼 방법이 없었기 때문이었다.

연일 회의가 벌어지고 다양한 의견이 나오기는 했다. 스웨덴 국왕도 파병을 약속했지만 별로 도움이 되지 않는 몇만에 불과했다.

이러던 차에 스트로가노프 백작이 놀라운 소식을 가져왔다. 동양의 신흥 강국인 대한제국의 특사가 방문했다고 한다.

그것도 어려운 전황을 단번에 뒤집을 묘책을 갖고 있다고 했다. 알렉산드르1세의 입장에서는 찬밥 더운밥 가릴 처지가 아니었다.

그래서 당장 접견을 허락했다.

"폐하! 대한제국의 특사가 당도했습니다."

"들라 하라!"

시종장이 정중히 한 손을 벌렸다.

"들어가시지요."

"고맙습니다."

접견실의 문이 활짝 열렸다.

오도원이 시몬스와 함께 안으로 들어갔다.

두 사람이 들어간 접견실은 겨울궁전에 있는 여러 개 중 가장 크고 화려했다.

알렉산드르1세는 대한제국 특사의 기를 죽이려고 일부러 이 접견실을 사용했다. 그러나 경험이 많은 두 사람은 조금도 위축되지 않았다.

두 사람이 차르 앞에 섰다.

스트로가노프 백작이 먼저 나섰다.

"인사들 하시오. 우리 러시아의 위대한 차르시오."

오도원이 먼저 나섰다.

"대한제국 황실 무역 회사의 대표를 맡은 남작 오도원이 러시아의 하나뿐인 태양이신 차르께 인사를 올립니다."

오도원이 모자를 벗어서 옆에 끼고는 정중히 허리를 숙였다. 오도원은 영어로 인사를 했으며, 그걸 시몬스가 독일어로 통역했다.

알렉산드르1세가 고개를 끄덕였다.

"잘 오셨소. 러시아의 차르인 알렉산드르요."

이어서 러시아 인사들이 자신을 소개했다. 오도원은 그들과도 악수를 나누며 인사했다.

인사를 마치자 차르가 나섰다.

"귀국이 본국에 제안할 것이 있다고요?"

"그렇습니다."

"그런데 귀국은 프랑스와 가깝다고 들었소. 그래서 이번 원정에도 많은 도움을 주었다고 하던데, 그런 귀국을 어떻게 믿을 수 있겠소?"

오도원이 딱 잘랐다.

"그건 오해입니다."

"오해라고요?"

오도원이 설명했다.

"우리는 유럽의 모든 나라와 가깝습니다. 가장 가까운 나라는 네덜란드이고요. 스페인과도 2번의 할양 협정을 맺으며 가까워졌습니다. 프랑스는 폐하께서도 아시는 바와 같이 루이지애나 매입과 캘리포니아 매각을 중개해 주었고요. 그리고 영국과도 여러 협정을 체결할 정도입니다."

알렉산드르1세가 인정했다.

"백작의 말을 듣고 보니 모든 나라와 가까운 것이 맞네요. 내가 오해를 했소이다."

"아닙니다. 양국이 아직 정식 교류를 하지 않고 있어서 착오가 생겼을 것입니다."

"그렇게 말을 해 주니 고맙소. 그러면 다시 질문하지요. 귀국이 어떤 도움을 줄 수 있는 거요? 그리고 그 대가로 무엇을 바라는지를 말씀해 보시오."

"본국은 공업 기술력이 상당합니다. 그런 기술력으로 유럽보다 앞선 무기를 개발했습니다. 그중 소총을 제공해 드리겠습니다."

알렉산드르1세가 실망했다.

"소총이 달라 봐야 거기서 거기 아니오?"

오도원이 고개를 저었다.

"그렇지 않습니다. 본국의 소총은 총구에 강선이 있습니다. 그리고 약실도 개조해 캡을 씌울 수 있게 되어 있습니다. 특히 화약의 질도 좋아 기존의 소총에 비해 유효사거리가 두 배 정도입니다."

모든 사람이 크게 놀랐다. 특히 러시아군을 총 지휘하고 있는 미하일 쿠투조프의 놀라움은 더했다.

"소총의 유효사거리가 두 배나 된다고요?"

"그렇습니다. 러시아도 그렇지만 유럽 소총의 유효사거리는 대략 50미터입니다. 반면에 우리의 소총은 100미터의 적도 정확히 저격할 수 있지요. 시야가 좋은 병사라면 200미터 떨어진 적을 사살할 수도 있습니다."

옆에 있던 귀족이 실망한 표정을 지었다.

"우리 소총도 그 정도의 성능이 있습니다."

오도원이 싱긋이 웃었다.

"예, 명사수라면 가능하겠지요. 그러나 보통의 병사들은 50미터의 적을 사살하는 것조차 쉽지 않은 게 현실이지 않습니까?"

"그, 그건 그렇습니다."

"반면에 우리 소총은 다릅니다. 특히 날씨가 좋지 않은 날에 전투가 벌어지면 놀라운 성능을 발휘하게 됩니다."

스트로가노프 백작이 바로 알아들었다.

"약실에 캡을 씌워 젖지 않게 되는군요."

"그렇습니다. 특히 캡에는 발화장치가 들어 있어서 수석(燧石)을 교체할 필요가 없습니다. 그렇기 때문에 비싼 수석을 보급하지 않아도 되어서 관리 비용도 크게 절감할 수 있지요."

이 설명에 차르가 관심을 보였다.

러시아가 사용하는 수석소총은 수시로 수석을 교체해 주어야 한다. 그로 인해 관리도 어려울뿐더러 비용도 상당히 많이 필요했다.

"수석이 필요 없는 소총이라고요?"

"그렇습니다."

"혹시 그 소총을 가져온 것이 있습니까?"

"물론입니다. 저희가 타고 온 마차에 견본품으로 열 자루를 가져온 게 있습니다."

"시종장은 당장 가서 소총을 가져오도록 하라."

지시를 받은 시종장이 나가서 소총 상자를 가지고 돌아왔다. 상자의 뚜껑이 열리고 알렉산드르1세가 직접 일어나 소총을 잡았다.

오도원이 다가가 소총에 대해 설명했다. 그 설명을 들은 러시아 황제는 크게 만족해했다.

"이거 대단한 소총이구나. 특히 격발장치가 내장된 캡은 획기적인 발명품이야."

황제가 미하일 쿠투조프 사령관을 찾았다.

"쿠투조프 사령관. 사령관은 이 소총을 어떻게 생각하시오?"

미하일 쿠투조프가 주저 없이 대답했다.

"대단히 좋은 무기입니다. 다루기가 간편해서 병사들이 아주 좋아할 거 같습니다. 그리고 성능이 설명하신 대로라면 실전에서 프랑스군을 압도할 수 있겠습니다."

스트로가노프 백작도 거들었다.

"이 소총이라면 프랑스가 자랑하는 육군과 싸워도 충분히 승산이 있겠습니다."

이 말에 모두가 고개를 끄덕였다.

알렉산드르1세가 오도원을 바라봤다.

"이 소총을 얼마나 넘겨주실 수 있소? 그리고 소총의 가격은 얼마지요?"

"먼저 얼마나 필요하신지가 궁금합니다."

알렉산드르1세가 미하일 쿠투조프를 바라봤다.

그러자 미하일 쿠투조프가 바로 대답했다.

"10만 정은 있어야 합니다. 물량이 부족하다면 최소한 5만 정이라도 공급을 받았으면 합니다."

차르가 다시 오도원을 바라봤다.

"공급해 줄 수 있겠소?"

"10만 정도 공급은 가능은 합니다. 하지만 보시는 대로 소총의 부품이 정교한 바람에 가격이 만만치 않아서……."

"가격이 얼마로 책정되어 있지요?"

"금 2냥으로 책정했습니다. 2냥을 무게로 따지면 75그램입니다."

차르가 미하일 쿠투조프를 바라봤다.

"사령관. 가격을 어떻게 생각하시오?"

"조금 비싸지만 나쁘지 않다고 생각됩니다. 영국 소총의 가격이 35파운드 정도입니다. 35파운드를 금으로 환산하면 대략 60그램입니다. 우리의 소총은 그보다 조금 비싸고요."

미하일 쿠투조프가 풀어서 설명했다. 덕분에 알렉산드르1세가 대번에 알아들었다.

그 전에 먼저 스트로가노프 백작이 설명했다.

"10만 정을 구매하려면 7.5톤의 금이 필요합니다. 그뿐만 아니라 소모품인 캡과 화약도 구매해야 하니 적어도 두 배 이상은 준비를 해야 합니다."

"으음!"

본래의 러시아였다면 15톤 정도의 금은 어렵지 않게 마련할 수 있었다. 그러나 지금은 사정이 달라도 많이 달랐다.

러시아는 오스만과 6년 동안 전쟁을 해 왔다. 이후 2년을 준비해 프랑스와 다시 전쟁 중이다.

그 바람에 국고가 거의 바닥나 있었다.

러시아 황제와 대신들은 서로를 바라보며 답을 주지 못했다. 그것을 본 오도원이 말을 이어나갔다.

"소총만으로 승기를 점할 수는 없습니다. 그래서 본국은 청국과의 전쟁에서 승리할 수 있었던 새로운 전술도 알려 드리겠습니다. 아울러 적의 전진 공격을 효과적으로 막아 낼 수 있는 철조망도 대량으로 공급해 드릴 수 있습니다."

미하일 쿠투조프가 큰 관심을 보였다.

"그게 정말입니까? 귀국이 청국의 백만 대군과 두 차례의 결전에서 완승했다는 말을 들었습니다. 그때 사용한 전술을 알려 주겠다는 겁니까?"

"그렇습니다."

오도원이 당시 상황을 짧게 설명했다.

그 설명을 듣던 러시아 황제와 대신들은 연신 감탄했다. 특히 미하일 쿠투조프의 놀라움은 경탄에 가까웠다.

"대단합니다. 어떤 전술을 펼쳤기에 두 배의 적을, 그것도 백만이나 되는 적을 압도할 수 있었는지 정말 궁금합니다."

"승리에는 여러 요인이 있습니다. 그러나 우리가 제공해 주게 되는 전술은 프랑스와의 전쟁에서 분명 큰 도움이 될 것입니다."

미하일 쿠투조프가 격하게 공감했다.

"도움이 되고말고요. 신형소총도 중요하지만, 실전에서는 이게 더 중요합니다."

"맞습니다. 우리 제국의 국방대신께서도 그런 말씀을 하셨습니다. 러시아가 제대로 된 전술만 펼쳐도 프랑스에 쉽게 밀리지 않을 거라고요."

미하일 쿠투조프가 황제를 바라봤다.

"폐하, 전쟁의 승패는 좋은 무기의 보유도 중요합니다. 그러나 무엇보다 적을 압도할 수 있는 전술이 있어야만 승리할 수 있사옵니다. 하오니 부디 현명한 결정을 내려 주셨으면 하옵니다."

스트로가노프 백작이 나섰다.

"백작이 귀국 황제의 특사로 온 이유가 단순히 무기를 팔려는 것만은 아니겠지요?"

"그렇습니다. 제가 온 목적은 따로 있습니다."

"그게 무엇인지 말씀해 주시지요."

"우리 대한제국은 청국의 모든 권한을 양도받았습니다. 그런 권한 중에는 초원의 황제인 가한의 지위도 포함되어 있습니다."

초원의 황제라는 말에 알렉산드르1세와 러시아 사람들의 안색이 굳어졌다. 이들의 머릿속에는 하나같이 타타르의 멍에를 떠올렸다.

"그러나 걱정하지 마십시오. 우리 대한은 주변국과 우호

친선을 유지해 나갈 것입니다."

스트로가노프 백작이 이의를 제기했다.

"한국은 청국을 침략했지 않습니까?"

오도원이 고개를 저었다.

"침략이 아닙니다. 우리가 청국으로부터 얻은 땅은 우리의 고토입니다."

"그래요?"

"예, 오랫동안 빼앗긴 땅을 절치부심하며 힘을 기르다 되찾은 것뿐입니다."

"좋습니다. 말씀을 계속하시지요."

"그런 우리는 과거 귀국과 청국이 맺은 국경 조약을 개정하기를 바랍니다."

알렉산드르1세가 얼굴을 붉혔다.

"지금 무슨 말을 하는 겁니까? 우리와 청국이 국경 조약을 체결한 건 벌써 100여 년 전의 일입니다. 그리고 당시의 조약은 양국이 호혜 평등에 입각해서 체결했고요."

"귀국의 입장에서는 폐하의 말씀이 맞습니다. 그러나 몽골의 입장에서는 손도 쓰지 못하고 몽골 북부 지역을 빼앗긴 형국이 되었습니다."

"몽골 북부 지역이라고요?"

"그렇습니다. 제가 지도를 가져왔는데 펼쳐도 되겠습니까?"

"그렇게 하시오."

오도원이 가져온 지도를 펼쳤다.

그리고 그 지도를 짚어 가며 설명했다.

"이 선이 지금의 국경선입니다. 그러나 여기서 이곳 바이칼 호수 남쪽은 이전부터 몽골의 영토였습니다. 이 지역은 몽골의 영웅인 칭기즈칸의 고향이어서 지금도 몽골 부족이 수시로 왕래하고 있기도 합니다."

"……."

오도원이 바이칼 위쪽의 강을 짚었다.

"이 강은 레나(Lena)강으로, 원주민의 말로 '큰 강'을 뜻하지요. 이 레나강은 지난 1689년 네르친스크조약 당시 청나라가 국경으로 제안한 선이기도 합니다."

스트로가노프 백작이 나섰다.

"그 강을 무엇 때문에 거론하는 겁니까?"

"귀국이 시베리아에 진출한 까닭은 모피 수익 때문으로 알고 있습니다. 그렇지 않나요?"

"처음에는 그랬지요. 그러나 지금은 다릅니다."

"시간이 흘렀으니 처음의 계획도 많이 달라졌겠지요. 그러나 지금도 모피가 최대의 수익원인 것은 분명하지 않습니까?"

"그렇기는 합니다."

"그래서 제안 드리겠습니다. 양국의 국경을 이 강으로 개정해 주십시오. 그러면 귀국이 지금처럼 모피 거래나 사냥을 그대로 인정해 주겠습니다. 그리고 방금 말씀하신 무기와 새로운 전술도 일체 무상으로 제공하겠습니다."

접견실의 분위기가 후끈 달아올랐다.

그런데 오도원의 제안은 여기서 끝나지 않았다.

개혁군주

바이칼의 푸른 물결

오도원이 모두를 둘러봤다.

"그리고 귀국이 원한다면 모스크바를 화공으로 완전히 불태워 주겠습니다."

미하일 쿠투조프가 깜짝 놀랐다.

"그게 정말입니까?"

"그렇습니다. 모스크바는 러시아의 정신이 깃든 유서 깊은 도시입니다. 러시아정교회의 본향이기도 하고요. 그러나 아쉽게도 지금은 프랑스에 짓밟혀 과거의 고고함이 빛을 잃고 있습니다."

모든 사람의 안색이 흐려졌다.

"그래서 귀국도 승리를 위해 방화전을 계획했던 것으로 압니다."

미하일 쿠투조프가 고개를 저었다.

"어제 스트로가노프 백작께서 그런 말씀을 하시기에 얼마나 놀랐는지 모릅니다. 대체 그 정보는 어디서 입수한 겁니까?"

"지금 와서 정보 출처를 따져 봐야 무엇을 하겠습니까? 지금은 이전 계획을 결행하느냐 마느냐를 결정하는 게 중요하지요."

"그건 그렇습니다."

오도원의 제안을 들었음에도 알렉산드르1세는 쉽게 결정을 못 했다. 한동안 고심하던 그가 한숨을 내쉬었다.

"후! 제안은 고맙소. 그러나 쉽게 결정하기에는 넘겨주어야 할 땅이 너무 넓소이다. 그리고 그렇게 되면 알래스카가 문제가 됩니다."

"알래스카는 적정한 가격에 우리가 매입하겠습니다."

차르의 눈이 커졌다.

"매입하겠다고요?"

"예, 어차피 러시아로서도 월경지여서 관리하기 어려웠을 겁니다. 그리고 전부가 동토여서 실익도 별로 없는 땅이고요."

"그런 동토의 알래스카를, 귀국은 왜 매입하려는 겁니까?"

"우리는 얼마 전 영국으로부터 북미 북부 지역의 태평양 연안을 넘겨받았습니다."

알렉산드르1세가 고개를 끄덕였다.

"그런 일이 있었군요. 그렇다면 귀국이 알래스카를 왜 매입하려는지 이해가 되는군요. 그러나 레나강 동부는 사정이 많이 다릅니다."

"예, 러시아의 입장은 충분히 이해합니다. 레나강 동부는 전부가 동토지만 넓습니다. 쉽게 넘겨주기 어려울 정도로요."

"이해해 주어서 고맙소."

오도원이 의외의 제안을 했다.

"폐하, 이렇게 하면 어떻겠습니까? 귀국이 쓸모없이 넓기만 한 지역을 우리에게 넘겨주시지요. 그 대신 우리와 중앙 초원을 공동으로 개척해 나가는 겁니다. 그러면 러시아의 국익에 훨씬 도움이 되지 않겠습니까?"

알렉산드르1세가 놀랐다.

"중앙 초원을 공동 개척하자고요?"

"그렇습니다. 우리 폐하께서는 초원의 가한이십니다. 가한은 과거 칭기즈칸의 위업을 잇는 지위여서 중앙 초원의 여러 부족이 폐하께 충성을 맹세하고 있지요. 그런 중앙 초원을 귀국이 한때 진출하려 했던 것으로 알고 있습니다."

알렉산드르1세가 부인하지 않았다.

"선제 시절 병력을 파견한 적이 있었지요. 그러나 내부 사정으로 곧 흐지부지되었고요."

"그랬다고 들었습니다. 다시 한번 제안합니다. 귀국이 레나강 동쪽을 넘겨 둔다면 우리는 귀국의 중앙 초원 진출을 적극 돕겠습니다."

"그래요?"

"예, 그 대신 중앙 초원 부족이 우리와 교류하는 것을 막으면 안 됩니다. 인종차별을 해서도 안 되고요."

알렉산드르1세가 장담했다.

"그 부분은 약속할 수 있소이다. 우리 러시아는 다른 유럽 국가와 달리 인종차별을 하지 않고 있소이다. 그런데 공동 개척이라면 무엇을 어떻게 하겠다는 것이오?"

"폐하께서는 기차에 대해 아십니까?"

알렉산드르1세가 바로 고개를 끄덕였다.

"알고 있소이다. 귀국이 증기기관을 활용해 만든 놀라운 이동 수단이지 않소?"

오도원이 지도를 짚었다.

"그렇습니다. 그 기차의 노선이 우리 본토의 끝인 부산에서 황도인 요양과 연경을 거쳐 이곳 몽골 초원 끝까지 부설되어 있습니다. 그러한 노선은 다시 중앙 초원을 관통해 귀국까지 연결될 것입니다. 그리고 유럽 각국으로 넘어가면서 대륙종단철도가 완성되지요."

오도원이 철도와 대륙종단철도의 이점에 대해 간략히 설

명했다. 워낙 거창한 계획이어서인지 차르와 러시아 사람들은 연신 탄성만 터트렸다.

"……본국이 이 노선을 원활히 부설할 수 있도록 귀국이 도와주시면 됩니다. 그러면 우리도 귀국의 중앙 초원 진출을 적극 돕겠습니다."

스트로가노프 백작이 큰 관심을 보였다.

"참으로 원대한 계획이군요. 대륙종단철도가 연결되면 수송비용이 대폭 절감되겠습니다."

"물론입니다. 이 노선이 연결된다면 물류 혁명이 일어난다고 해도 과언이 아닐 겁니다. 귀국의 국가 발전과 경제적으로도 엄청난 효과를 누릴 수 있을 것이고요."

스트로가노프 백작이 눈을 빛냈다.

"본국 노선은 누가 부설합니까?"

"그건 이제 상의를 해야겠지요. 귀국 정부가 직접 부설하든지, 아니면 우리처럼 유력 가문이 투자해서 사철로 만들면 됩니다. 제반 기술도 우리와 합작을 하든지, 아니면 자체적으로 기술을 개발해서 부설하면 되고요."

스트로가노프 백작이 고개를 저었다.

"솔직히 우리는 철도 기술이 전무합니다."

"그러면 우리와 합작하세요. 본국은 다른 어느 나라보다 합작을 공정하게 처리합니다."

알렉산드르1세가 질문했다.

"내가 생각해도 철도 노선이 부설되면 본국에도 많은 도움이 되겠소. 그런데 철도 부설만 승인해 주면 우리의 중앙 초원 진출을 전적으로 도와줄 거요?"

"그렇습니다. 우리의 제안을 받아들이면 귀국은 동토 대신 사용가치가 훨씬 좋은 초원 지대를 얻을 수 있게 되는 겁니다."

러시아로서는 혹할 만한 제안이었다. 그럼에도 알렉산드르1세는 쉽게 결정을 못 했다.

"음!"

오도원이 슬쩍 물러섰다.

"이제 제가 드릴 수 있는 제안은 모두 드렸습니다. 그러니 외신은 잠시 물러나 있겠으니, 부디 폐하께서 현명한 결정을 내려 주시기 바랍니다."

"알겠소이다. 내 고민해 보리다."

오도원이 접견실을 나왔다. 그리고 러시아 황실 마차를 타고 화란양행 사무실로 돌아왔다.

❋

상트페테르부르크는 표트르 대제가 건설한 도시다. 도시는 삼각주의 늪지대에 건설되어서 운하가 도시 곳곳을 지나고 있었다.

덕분에 크고 아름다운 건물과 잘 어울려 관광하기에도 좋았다. 오도원은 며칠 동안 이런 도시 곳곳을 둘러보며 시간을 보냈다.

그러던 어느 날.

스트로가노프 백작의 초대를 받았다. 오도원이 시몬스와 함께 방문하자 스트로가노프 백작이 능숙한 영어로 환대했다.

"어서 오십시오, 백작님."

오도원이 놀랐다.

"백작님께서 영어에 능통하셨군요."

스트로가노프가 크게 웃었다.

"하하하! 우리 집안은 러시아 최고의 상인 가문입니다. 그래서 어려서부터 몇 개 국어를 기본적으로 배운답니다. 궁전에서 독일어로 말한 것은 차르께서 영어를 잘 모르시기 때문이었지요."

"그러셨군요."

"오늘 백작님을 뵙자고 한 것은 차르를 대신해 여쭙고 싶은 게 있어서입니다."

"말씀해 보시지요?"

"우선은 철도 부설에 대해 차르께서 큰 관심을 갖고 있습니다."

"그러실 겁니다. 현명한 군주시니 당연히 국가 발전에 도움이 되는 일에 관심이 많겠지요."

"허나, 본국의 국고는 그동안의 전쟁으로 거의 고갈된 것이 문제입니다. 그래서 차르께서 우리 가문에 기회를 주셨습니다."

스트로가노프 백작이 제안했다.

"우리 가문은 본국 영토에 부설되는 모든 철도를 귀국과 공동 운영하고 싶습니다."

"귀국 영토에 부설되는 철도라면, 대륙종단철도도 그렇게 하고 싶다는 겁니까?"

"그렇습니다."

오도원이 고개를 저었다.

"곤란합니다. 본국이 귀국의 중앙 초원 진출을 도와주면서 얻은 이권이 겨우 그거 하나입니다. 그런 사업을 공동 운영하자는 것은 너무 과합니다."

"그 대신 노선부설에 필요한 모든 자금을 우리가 대겠습니다."

오도원이 놀랐다.

"철도 부설에는 막대한 예산이 들어갑니다. 그리고 노선이 통과하는 토지도 매입해야 하고요."

"부지는 국가에서 수용하기로 했습니다. 그리고 인력은 우리 가문의 농노들을 투입하면 되고요."

"그러면 예산은 크게 절감되겠네요. 그런데 노동력은 최소한 수천 명이 필요합니다."

"걱정하지 않아도 됩니다. 차르께서 인력이 부족하면 죄수들을 활용하라고 하셨습니다. 그래서 필요하면 수만 명도 동원할 수 있습니다."

"아! 그렇다면 재료와 기술자의 인건비만 투입하면 되겠네요."

"그렇습니다."

"놀랍군요. 철도는 상당한 이권 사업인데 차르께서 귀 가문에 이런 특혜를 주다니요."

"우리 가문과 황실은 남다른 관계입니다. 그래서 정치헌금도 가장 많이 할뿐더러, 얼마 전에는 카잔대성당도 건립해드렸지요."

"그렇군요. 그런데 합작을 하게 되면 본국은 그만큼 권리를 포기해야 합니다. 그 문제는 어떻게 처리하시면 좋겠습니까?"

스트로가노프 백작의 목소리가 은근해졌다.

"귀국이 바라는 건 본토와 북미와의 연결일 것입니다. 그래서 레나강 동부를 얻으려고 무기와 권리를 넘겨주려는 것이고요."

오도원이 눈을 크게 떴다.

"백작께서 정확히 보셨습니다. 맞습니다, 우리는 양 대륙이 연결되기를 바라고 있습니다. 그래서 귀국에 다양한 제안을 하고 있는 것이고요."

스트로가노프 백작이 득의만면했다.

"역시 제 예상이 맞는군요. 그러면 본국을 통과하는 노선의 합작 정도는 양보해 주어도 되는 거 아닙니까?"

협상에는 주도권이 중요하다. 스트로가노프 백작은 대뜸 권리를 양보하라며 협상을 자신의 의도대로 끌고 가려 했다.

오도원은 대번에 정색을 했다.

"백작님, 이런 생각을 해 보지는 않았습니까? 우리가 프랑스와 손잡고 전폭적인 지원을 해 주는 상황을요. 그렇게 되면 러시아는 어떻게 될 거 같습니까?"

스트로가노프 백작이 흠칫했다.

"그럴 리가 있겠습니까?"

"백작님께서는 왜 예단을 하시지요? 우리는 귀국과 지금까지 별다른 교류도 없었습니다. 그러나 프랑스와는 벌써 몇 번의 교류가 있었고요. 그것도 우리가 북미에서 가장 큰 영토를 얻는 데 결정적 도움을 받았지요. 그런 프랑스가 아닌 러시아와 협상하려는 우리의 진의를 모르시겠습니까?"

스트로가노프 백작의 안색이 창백해졌다. 그는 심각하게 고민하다가 겨우 입을 열었다.

"프랑스가 강대해지는 것을 바라지 않는군요."

"그렇습니다. 우리는 유럽의 모든 나라와 자유롭게 교류하고 싶습니다. 그래서 루이지애나를 매입하자마자 유럽인들이 이민하기 쉽도록 뉴올리언스를 자유무역항으로 만든 것이고요. 그러나 우리의 배려를 무시하고 작은 이익에 너무 집착한다면 러시아에 대해 다시 생각할 수밖에 없음을 이 자리에서 분명히 밝히는 바입니다."

오도원이 대놓고 경고를 했다.

스트로가노프 백작의 표정이 일그러졌다. 시몬스가 감정이 격해지기 전에 바로 중재에 나섰다.

"백작님. 대한제국은 가장 쉬운 방법을 버리고 러시아와 친교를 맺으려고 하는 것은 아시지요?"

"그런 사실은 나도 잘 알고 있소이다."

"그러시면 방금 하신 백작님의 말씀이 문제가 있다는 정도는 모르지 않겠지요?"

대놓고 경고를 받았다.

자존심이 강한 명문 귀족으로선 쉽게 용납될 수 없는 상황이었다. 그럼에도 스트로가노프 백작은 바로 사과를 했다.

"미안합니다. 제가 경솔해서 실수했습니다."

그의 빠른 사과에 오도원은 내심 당황했다.

오도원은 그의 탐욕을 준열히 추궁하면서 이권을 최대한 얻어 낼 작정을 하고 있었다. 그런데 도와준다고 나선 시몬스로 인해 그 계획이 어긋나 버렸다.

그러나 러시아 최고 가문의 수장이 머리를 숙인 상황도 결코 나쁘지는 않았다.

오도원이 미소를 지었다.

"이런! 제가 너무 과한 말씀을 드려 백작님을 불편하게 했습니다. 죄송합니다."

스트로가노프 백작이 급히 손을 저었다.

"아닙니다. 제 욕심이 너무 과했습니다. 다시 한번, 탐욕을 부린 것에 대해 사과드립니다. 방금 말씀드린 합작 방안은 없는 것으로 하겠습니다."

오도원이 고개를 저었다.

"그러지 않아도 됩니다. 우리로서도 합작이 결코 나쁘지는 않습니다. 그러나 백작님께서 일방적인 양보를 주장하셨기에 제가 잠시 감정이 격했던 것입니다."

스트로가노프 백작이 몸을 바짝 당겼다.

"감사합니다. 그러면 어떤 방식으로 합작하면 좋겠습니까?"

오도원이 잠시 고심했다.

"……이런 식으로 해 보지요. 이번 전쟁에서 승리하면 귀국은 동유럽에 절대적인 영향력을 발휘하게 될 것입니다. 프로이센과 오스트리아제국도 마찬가지일 것이고요."

스트로가노프 백작이 대번에 알아들었다.

"동유럽은 우리와 합작을 하고, 프로이센과 오스트리아와는 각각 합작을 할 수 있도록 주선을 해 달라는 말씀이군요."

오도원이 감탄했다.

"역시 사업을 하시는 분이라 맥을 제대로 짚어 내셨군요. 맞습니다. 기왕이면 차르의 이름으로 주선하면 양국도 거절하지 못할 것입니다."

스트로가노프 백작이 장담했다.

"알겠습니다. 그 문제는 제가 책임지고 차르의 재가를 받아 내겠습니다. 그런데 종단 노선을 거기까지만 연결하는 겁니까?"

"당분간은 그래야겠지요. 귀국이 승전하면 프랑스와는 완전히 척을 지게 됩니다. 그런 상황에서 우리가 철도를 부설하면 프랑스 국민이 어떻게 생각하겠습니까?"

"철도를 경제침략으로 생각할 수 있겠군요."

"그럴 수 있는 것이 아니라 무조건 그렇게 됩니다. 그리되면 프랑스에서의 철도 사업은 두고두고 문제가 될 가능성이 높습니다."

스트로가노프 백작도 동의했다.

"동감입니다. 프랑스는 시민혁명을 겪으면서 애국심이 유별나졌습니다. 자유 시민이 대부분이고요."

"그렇습니다. 그래서 프랑스는 다른 나라가 철도 부설로 얻게 되는 효과를 본 뒤에 추진하는 게 좋습니다. 되도록이면 자발적으로 건설하게 하는 방식이어야 하고요."

"그러면 스페인과 포르투갈부터 추진하면 되겠네요. 양국도 차르의 도움을 받아 성사시켜 보겠습니다."

"하하하! 거기까지 도와주시면 감사하지요."

"하하하!"

세 사람이 처음으로 크게 웃었다.

세 사람은 이후 머리를 맞대고 현안들을 하나하나 풀어 갔다. 그런 현안 중에는 알래스카 매각 대금에 관한 사항도 당연히 들어 있었다.

⁂

이틀 후.

오도원이 겨울궁전으로 들어갔다.

알렉산드르1세는 처음보다 환대했으며, 그가 지켜보는 가운데 협정을 체결했다. 협정은 사안에 따라 매각, 할양 합작을 별도로 체결했다.

협정이 체결되자 대기하고 있던 선박이 항구로 접안했다. 오도원은 가져온 무기가 하역되는 것을 보고는 동쪽으로 말을 달렸다.

오도원의 이동에 스트로가노프 가문이 제공한 병력과 함께했다. 오도원은 말을 바꿔 타면서 전력으로 달렸다.

덕분에 몽골 초원 끝까지 열흘 만에 주파할 수 있었다. 그곳에서 기차를 탄 오도원은 나흘 만에 요양에 도착했다.

황제가 오도원의 귀환을 환대했다.

"먼 길을 달려오느라 고생이 많았습니다."

오도원이 펄쩍 뛰었다.

"아닙니다. 몽골 초원부터는 기차를 탈 수 있어서 뒤에는 편하게 왔습니다."

"철도 공사가 어디까지 진행되었던가요?"

"몽골과 중앙 초원 사이의 산악 지대를 지나고 있었습니다. 공사 감독의 말에 따르면 봄이면 알타이 산악 지대를 완전히 넘어갈 수 있다고 했습니다."

"가장 힘든 구간에 접어들었네요. 날도 추운데 고생들이 많겠어요."

"일이 쉽지는 않아 보였습니다. 그래도 부식이 풍족해서 청군 포로들도 불만이 없다고 했습니다."

"다행이네요."

오도원이 황제에게 협정문을 바쳤다.

맨 처음 할양 협정문을 펼쳐 든 황제는 크게 기뻐했다.

"수고하셨네요. 우리 목표대로 바이칼 남쪽과 레나강 동부와 바이칼까지 얻어 냈군요."

"스트로가노프 백작이 마지막에 도움을 주어서 바이칼을 얻어 낼 수 있었습니다. 그 대신 모피 사냥 기간을 30년간으로 하고 1차에 한해 연장해 주기로 했습니다."

"잘했습니다."

황제가 다음 협정문을 펼쳤다.

"오! 매각 협정도 잘되었군요. 알래스카를 예상보다 싼 500만 달러에 매입했네요."

"현금을 즉시 지급하는 조건으로 양보를 얻어 냈습니다. 그 협정도 스트로가노프 백작이 중재를 잘해 주었습니다."

황제가 고개를 갸웃했다.

"스트로가노프 가문은 상인 가문인데 그냥 도움을 주지는 않았겠지요?"

"그렇습니다."

오도원이 협상 과정을 설명했다.

"……그렇게 된 것입니다."

황제가 크게 웃었다.

"하하하! 아주 잘하셨습니다. 스트로가노프 백작이 얕은 수를 부리다 호되게 당했군요. 오 백작은 그런 스트로가노프 백작을 어르고 달래면서도 실익을 한껏 챙겨 주었고요."

"그의 영지가 우랄산맥 너머인데 중앙 초원과 접해 있었습니다. 그러면 앞으로 우리와 계속 일을 같이하니 무조건 눌러 버릴 수는 없었습니다."

황제가 흡족해했다.

"잘했습니다. 철도가 연결되면 본격적인 내륙 교역을 시작해야 합니다. 그런 때 스트로가노프 가문을 잘 활용하면 우리는 보다 큰 이익을 거둘 수 있을 것입니다."

황제가 마지막 협정문을 보고는 흡족해했다.

"합작 사업도 잘 정리가 되었군요. 그런데 모스크바는 언제 방화를 하자고 하던가요?"

"저는 즉시 시행하자고 했습니다. 그런데 그들이 새로운 무기를 보급해 부대를 편성할 시간이 필요하다고 했습니다. 그래서 날짜를 11월 중순으로 결정했습니다."

"날이 본격적으로 추워지기 직전이군요."

"그렇사옵니다."

황제가 비원 원장을 바라봤다. 비원의 원장은 오도원이 입궁하기 전에 들어와 있었다.

"작전에 문제는 없겠지요?"

"물론입니다. 모스크바로 숨어든 백 명의 카자크들은 많은 훈련을 쌓은 정예 중의 정예입니다."

"방화 후 철수도 문제가 없고요?"

"프랑스가 유화정책을 펼치느라 모스크바 성문을 닫지 않고 있습니다. 그래서 방화 작전을 마치고 모스크바 시민과 함께 빠져나오면 됩니다."

황제가 달력을 봤다.

"날짜가 며칠 남지 않아 사람을 보내지는 못하겠네요."

비원의 원장이 장담했다.

"이번 작전이 얼마나 중요한지 카자크 요원들도 잘 알고 있습니다. 더구나 폐하께서 특별히 격려까지 해 주셨기 때문에 아무리 어려움이 많아도 반드시 성공해 낼 것입니다."

오도원도 동조했다.

"카자크 요원들이 모스크바에 자리를 잡은 게 반년 전입니다. 그럼에도 단 한 명도 정체를 들키지 않았습니다. 그런 요원들이라면 원장의 말씀대로 작전을 훌륭히 수행해 낼 것입니다."

황제도 인정했다.

"능력이 뛰어난 인재인 점은 분명하지요."

황제가 대신들을 둘러봤다.

"유럽에서 전쟁이 언제까지 이어질지는 아직 모릅니다. 그러나 이번 원정이 프랑스의 패전으로 끝난다면 아마도 그게 마지막일 거라고 생각합니다. 유럽의 전쟁이 끝나면 아마도 북미 이주가 폭발적으로 늘어날 겁니다. 그러니 내각은 철저하게 준비해 주어야 합니다."

"학교 건립부터 서두르겠습니다."

"그렇게 하세요. 이민은 범법자가 아니면 누구든 인종과 관계없이 받아들여도 됩니다. 그러나 기본적인 우리말을 못하면 절대 뉴올리언스를 벗어나지 못하게 해야 합니다."

"화란양행과 긴밀히 협조하겠습니다."

황제의 시선이 정면을 향했다.

집무실의 한쪽 정면에는 세계지도가 거대하게 양각되어 있었다. 지도에는 대한제국의 영토가 황금색으로 표시되어 있었다.

황제가 소회를 밝혔다.

"저 지도가 오늘로 바뀌게 되었네요."

정약용이 고개를 숙였다.

"하례드리옵니다. 드디어 폐하의 원대한 구상이 마무리되고 있사옵니다."

황제가 답례했다.

"고맙습니다. 우리 제국은 이제 거대한 영토를 보유하게 되었습니다. 그러나 이제부터 진정한 시작입니다. 창업보다 수성이 훨씬 어렵다는 사실을 여러분들은 잘 아실 것입니다. 그러니 절대 경계의 끈을 놓아서는 안 됩니다."

"폐하의 경고를 반드시 지켜 나가겠습니다."

"고맙습니다. 몽골은 과거 유럽까지 정복하면서 사상 최고의 영토를 보유했었습니다. 그런 대제국도 자중지란으로 한 세대를 못 버티고 분열되었지요. 천하를 아우르던 청국도 불과 이삼십 년의 부정부패를 견디지 못하고 무너졌고요. 러시아도 비록 동토지만 국토의 4분의 1가량을 우리에게 넘겨야 했습니다. 그런 나라들의 선례를, 우리는 절대 잊으면 안 됩니다."

대신들이 거듭 다짐했다.

"명심하겠사옵니다."

대신들의 다짐을 들은 황제가 다시 지도를 바라봤다. 그런 황제는 바이칼 호수를 바라보며 기대감을 드러냈다.

"바이칼에 가 봐야겠습니다. 바이칼은 우리 민족의 본향이나 다름없는 곳입니다. 물도 맑고 넓어서 파도까지 친다고 하던데, 그 푸른 물결을 직접 확인해 보고 싶네요."

정약용이 나섰다.

"대륙종단철도의 지선공사가 몽골 초원에서 바이칼 인근까지 부설될 것입니다. 그 노선이 완공되면 신이 모시겠사옵니다."

"예, 기다리겠습니다."

대답한 황제의 머릿속에는 바이칼의 푸른 물결이 넘실거렸다.

개혁군주

또 하나의 거짐

11월 중순.

모스크바에 대화재가 발생했다.

화재는 카자크 요원의 활약으로 동시다발적으로 발생했다. 불은 걷잡을 수 없이 커지면서 순식간에 모스크바를 뒤덮었다.

프랑스군은 즉각 화재 진압에 나섰다.

그러나 건조한 날씨와 바람의 영향으로 불길은 진압되지 않았다. 오히려 불길이 거세지면서 프랑스군은 이내 손을 놓을 수밖에 없었다.

이렇게 시작된 불은 며칠을 타면서 모스크바 대부분을 잿더미로 만들었다.

이때 나폴레옹은 모스크바의 크렘린궁에 머물고 있었다. 그런 나폴레옹도 심한 불길로 급히 성 밖으로 대피해야 했다.

화재는 모스크바만 태운 것이 아니다.

프랑스가 보관해 두었던 수많은 군수물자까지 함께 소실되었다. 그럼에도 통조림은 대부분 건질 수가 있었다.

그러나 화약을 비롯한 각종 군수물자는 당장 보급에 차질을 빚게 되었다. 특히 이제 막 보급을 시작하고 있던 월동 장비들의 소실은 뼈아팠다.

화재가 발생하자 모스크바 주민들은 대부분 성을 빠져나갔다. 프랑스군이 이들을 잡을 수 없었던 것은 먹일 식량이 문제가 되었기 때문이다.

거센 화재에도 불구하고 병력 손실은 다행히 거의 없었다. 나폴레옹은 소실된 군수물자를 충당하기 위해 동맹군의 물자를 가져오게 했다.

이 결정이 문제의 발단이었다.

프랑스군이 군수물자를 가져가려 하자 동맹군들은 거세게 반발했다. 그러나 당장 곤란한 프랑스로서는 이들의 반발을 들어 줄 여력이 없었다.

자신들의 반대에도 프랑스가 군수물자를 강탈하듯 수거해 갔다. 그러자 지금까지 협조를 잘해 왔던 동맹군의 기강이 대번에 흐트러졌다.

가장 먼저 이태리 병력에서 대거 이탈이 시작되었다. 이어서 프로이센과 오스트리아도 밤만 지나면 병력이 눈에 띄게 줄어들었다.

그럼에도 지휘관들은 도망병들을 적극 잡아들이지 않았다. 수많은 군수물자를 빼앗긴 바람에 겨울을 넘기기가 어려워졌기 때문이다.

그렇다고 프랑스군이 군수물자를 제대로 모스크바로 가져가지도 못했다.

동맹군이 주둔해 있는 트베리와 모스크바는 180킬로미터가 넘는다. 프랑스군은 이 길이 지옥이 될 거라고는 꿈에도 생각 못 했다.

서전에서 연패하며 모스크바를 그냥 내주었던 미하일 쿠투조프는 역전의 기회만 노리고 있었다.

그는 대한제국에서 신무기를 제공 받은 병력을 모스크바로 가는 곳곳에 매복시켰다. 그러고는 저격병을 앞세워 프랑스 치중부대의 발목을 잡아 버렸다.

러시아 병사들은 이를 갈고 있었다. 그래서 저격병 선발에 너무 많은 병력이 지원해 대회를 열기까지 했다.

선발된 저격병들은 200미터 거리에서도 프랑스군을 여지없이 저격했다.

프랑스군은 저격병의 활약으로 발목이 잡혔다. 그러다 밤이 되면 죽음을 불사한 러시아 병사들의 돌격에 군수물자는 불태워졌다.

무수한 물자가 불태워졌다.

러시아 병사들의 놀라운 활약으로 수송된 군수물자는 10분의 1도 되지 않았다. 군수물자 보급에 실패하면서 프랑스군의 사기는 급격히 떨어졌다.

그래도 나폴레옹은 철수하지 않았다.

다른 물자는 대부분 소실되었으나 통조림은 넉넉히 남아 있었기 때문이다. 이런 결정을 하게 된 까닭은 평년보다 따듯했던 날씨 때문이다.

이해는 겨울이 늦게 찾아왔다. 그 바람에 월동 장비 보급이 늦어지면서 대부분이 잿더미가 되었다.

그런데 이런 날씨가 또다시 프랑스군에 요술을 부렸다.

11월까지는 별로 춥지 않았다.

그러나 이상기온은 여기까지였다.

12월에 접어들면서 무시무시한 동장군이 들이닥쳤다. 매서운 한파가 몰아치며 영하 30도 이하로 떨어지는 추위가 연이어졌다.

강추위로 프랑스군에 문제가 발생했다.

프랑스군은 군복 단추를 주석으로 만들었다. 그런 단추가 영하 30도가 계속되면서 그대로 부서졌다.

가뜩이나 혹독한 추위도 견디기 힘들었는데 옷을 여밀 수 없어지게 된 것이다. 이때부터 동사자가 속출하기 시작했으며, 동맹군의 병력 이탈도 감당할 수준을 넘어 버렸다.

나폴레옹도 더 견디지 못했다.

"철군한다."

철군이 결정되자 프랑스군은 신속히 움직였다.

나폴레옹은 퇴각이 쉽도록 일체의 노획물을 가져가지 못하게 했다.

이게 그나마 효과가 있었다.

프랑스 병사들은 맹추위를 겪으면서 무리하지 않았다. 전리품을 챙기지 않은 프랑스군은 그래도 질서 있게 퇴각을 할 수 있었다.

그러나 동맹군들은 아니었다.

트베리는 과거 공국의 수도여서 왕궁도 있었으며 귀족의 저택도 많았다. 동맹군들은 이런 곳은 물론 민가까지 돌아다니며 온갖 물자를 노획했다.

그 바람에 철수는 늦어졌고 이동 또한 제한을 받아야 했다. 나폴레옹은 이에 대한 보고를 받고서도 무시한 채 프랑스군만 챙겼다.

러시아군은 프랑스군을 바로 쫓지 않았다. 그 대신 동맹군부터 차곡차곡 정리하며 전진해 나갔다.

12월 하순의 동장군은 무서웠다.

러시아군의 청야 작전은 퇴각하는 프랑스군의 발목을 잡았다. 식량은 통조림이 보급되었으나 불을 피우지 못하면서 그조차도 먹기가 어려워졌다.

밤만 지나면 수많은 동사자가 나왔다.

길을 걷다가도 얼어 죽는 병사가 속출했다. 프랑스군이 지나간 자리에는 수많은 시신과 각종 병장기가 무수히 버려져 있었다.

삽시간에 동맹군을 박살 낸 러시아군은 본격적으로 프랑스를 추적했다.

나폴레옹은 러시아를 상대로 전투 대신 퇴각을 선택했다. 사기가 떨어진 병력으로 러시아를 상대할 수 없다고 판단한 것이다. 그 대신 추적하는 러시아군에 맞설 병력만 꼬리 자르듯 남겨 두었다.

러시아군은 남겨진 프랑스군을 연파하며 본진을 뒤쫓았다. 프랑스는 동장군과 러시아군을 동시에 상대하며 힘겹게 퇴각해야 했다.

몇 차례 전투가 벌어졌다.

전투마다 러시아는 승리했다.

퇴각하던 프랑스군은 추위를 견디지 못하고 이탈하는 경우도 많았다. 이탈한 프랑스 병사도 생사를 장담하지 못했다. 러시아 농민들에게 잡히면 혹독한 죽음을 당해야 했기 때문이었다.

그만큼 러시아 국민의 분노는 대단했다. 이렇듯 수많은 고초를 겪은 프랑스가 첫 출발지인 레만 강을 다시 넘었을 때는 몇만도 남지 않았다.

❀

황제가 비원 요원이 보내온 유럽 보고서를 살펴보고 있었다. 이 자리에는 정약용과 몇 명의 대신들, 그리고 비원의 원장도 참석해 있었다.

황제의 질책까지 들었던 비원은 각고의 노력을 통해 면모를 일신했다.

비원은 여러 인종의 요원들을 양성해 오고 있었다. 양성된 요원들은 각국으로 파견되어 수많은 정보를 입수해 본국으로 보냈다. 이러한 정보는 국정 운영은 물론, 무역 활동에도 큰 도움을 주고 있었다.

유럽에도 많은 비원 요원이 파견되어 있다. 이들은 카자크이거나 이주해 온 유럽 출신들이었다.

황제가 고개를 저었다.

"나폴레옹이 끝까지 탐욕을 버리지 못하고 다시 징병을 했네요. 큰 패전을 겪었으면 내부부터 우선 추슬러야 하는데, 그런 과정을 아예 무시했어요."

비원 원장이 나섰다.

"프랑스로 돌아가자마자 징병부터 해서 폴란드 방면으로 파병했다고 합니다."

백동수가 어이없어했다.

"이번 원정에서 잃은 병력이 60만입니다. 그중 절반만 프랑스 병력이라고 해도 30만인데 다시 징병을 하다니요. 프랑스 인구가 아무리 많다고 해도 너무 무리하고 있습니다."

비원 원장이 설명했다.

"정확한 지적입니다. 나폴레옹은 이번에 무려 65만을 징병하려고 했답니다. 그러나 자원이 부족해 15만에도 미치지 못했고요. 그래서 나이를 위로 올리고 아래로 낮추는 등의 온갖 편법을 동원해 50만을 맞췄다고 합니다."

황제가 어이없어했다.

"기가 찬 일이네. 병법을 잘 아는 나폴레옹이 악수를 두어 버렸어. 그것도 최악수를. 그렇게 머릿수만 채우면 오합지졸이 된다는 걸 누구보다 잘 알면서 왜 그런 짓을 자행했을까."

"그만큼 심리적 압박감이 크다는 방증이지요. 나폴레옹은 러시아가 강성해지는 것을 누구보다 경계해 왔습니다. 그런데 러시아가 레만 강을 건너지 않고 폴란드를 병합하기 위해 병력을 돌리자 냉정을 잃은 것 같습니다."

"반발이 적잖았을 터인데."

"폐하의 말씀대로 후유증이 만만치 않습니다. 무리한 징병에 맞서 군대에 빠지려는 온갖 방법이 난무하고 있습니다. 그렇게 해서 빠진 사람들은 거의 반란 세력에 가담하고 있고요."

황제가 고개를 저었다.

"최악이구나. 애국심으로 똘똘 뭉쳤던 프랑스도 이대로라면 오래지 않아 무너지겠어."

"그런 조짐들이 곳곳에서 보입니다. 그리고 동맹국이던 프로이센과 오스트리아가 등을 돌리려는 움직임을 보이는 것도 문제이고요."

황제가 주제를 바꿨다.

"자! 이제 시선을 돌립시다. 유럽은 그대로 흘러가게 두어도 우리 국익에 반하는 일은 일어나지 않을 거 같습니다. 그러니 지금부터는 해양 방면으로의 진출을 모색해 봅시다."

"예, 폐하."

황제가 정약용을 바라봤다.

"내각에서 추진하려는 일이 있다고요?"

"그렇사옵니다."

정약용이 전면의 세계지도로 다가갔다. 지도에는 이번에 러시아로부터 양도받은 지역이 황금색으로 입혀져 있었다.

정약용이 지휘봉을 들었다.

"우리는 지난 몇 년간 북방과 북미 영토 확보를 위해 온 국력을 집중했습니다. 다행히 계획이 대성공을 거두면서 이 지도에서 보듯이 황금색이 가장 넓게 되었습니다."

대신들의 얼굴에 자부심이 차올랐다.

황제도 만감이 교차했다.

루이지애나 매입과 북벌 성공, 이어서 영국과의 대타협과 이번에 있었던 러시아와의 협상.

자신이 아니었다면 감히 상상할 수도 없는 결과였다. 그것도 불과 20여 년 만에 이뤄 낸 일이다.

그러나 아직은 만족할 때도 아니었고, 만족할 수도 없었다.

기초가 아직은 부실했다.

인구도 상대적으로 적고 공업 발전도 이제 막 본궤도에 오른 상태다. 유럽에서 전쟁이 끝나면 언제 총부리를 이쪽으로 겨눌지 모르는 일이다.

청국과 미국의 탐욕도 경계해야 한다. 지금은 영토 할양에 동의했지만, 러시아도 절대 고개를 돌릴 상대가 아니다.

고개를 돌리면 사방이 지뢰밭이었다. 잠깐 한눈팔면 그대로 무너질 것이다.

그럼에도 당장의 결과가 커서 긴장의 끈을 놓고 싶은 유혹이 넘실거린다. 그래서 지금이 처음보다 더 긴장하고 조심해야 한다.

황제가 지도를 보다 생각에 잠겼다.

그것을 본 정약용은 잠시 발언을 멈추고 기다렸다. 한동안 이런저런 생각에 잠겼던 황제가 문득 정신을 차렸다.

"아! 미안합니다. 지도를 보다 보니 짐이 생각이 많아졌습니다. 수상께서 말씀을 계속하시지요."

"예, 폐하. 우리 내각은 이제부터 시야를 해양 쪽으로 돌릴 때가 되었다고 생각합니다."

정약용의 지휘봉이 바다를 훑었다.

"이미 우리는 남방 제국들과 활발한 교류를 하고 있는 상황입니다. 그러나 교류만 하고 있을 뿐 거점을 아직 마련하지 못한 상태입니다."

황제가 큰 관심을 보였다.

"남방에 거점을 확보하자는 말씀인가요? 마리아나제도로는 부족하다는 말씀이군요."

"그렇습니다. 앞으로 우리는 중동까지 진출해야 합니다. 중동은 지도에서 보시는 대로 본토에서 상당한 거리입니다. 인도와의 교역도 점차 확대될 것이고요. 특히 호주를 적극적으로 개발하기 위해서라도 남방 지역에 우리의 거점을 반드시 확보해야 합니다."

황제도 동의했다.

"짐도 수상의 생각에는 동의합니다. 그러면 어디를 적지로 생각하고 있습니까?"

정약용이 한 지점을 짚었다.

"내각에서는 이곳이 최적이라고 생각합니다."

황제가 깜짝 놀랐다.

"싱가포르!"

정약용이 어리둥절했다.

"예? 싱가포르라니요?"

황제가 급히 말을 돌렸다.

"아! 아닙니다. 계속 말씀해 보세요."

"예, 폐하. 이 섬은 지도에서 보듯이 말라카 해협과 접해 있습니다. 그래서 서방의 선박은 이 섬을 지나야만 동방으로 넘어올 수 있습니다. 그야말로 최고의 지리적 요충지라고 할 수 있습니다."

"정확한 지적입니다. 그런데 그 지역은 전통적으로 네덜란드가 기득권을 갖고 있습니다. 영국도 요즘 한창 세력을 뻗치고 있고요. 이 두 나라는 어떻게 하시려고요?"

정약용이 자신만만하게 대답했다.

"거점을 우리 독단으로 경영할 필요는 없다고 생각합니다. 그리고 지금의 우리에게는 독단보다는 오히려 공동경영이 국익에 도움이 됩니다."

황제가 감탄했다.

"역시 수상의 경륜은 남다르군요. 짐도 수상의 말씀에 전적으로 동의합니다. 우리가 여기서 더 욕심을 부렸다가는 공동의 적이 될 수도 있습니다."

"그렇습니다. 유럽이 지금은 자중지란에 빠져 있지만 언제 총부리를 들이댈지 모릅니다. 그러기 전에 가까운 나라는 더 가까이하고 먼 나라와는 새롭게 친교를 맺어야 합니다. 다행히 영국과는 대타협을 통해 우의를 확인한 상황입니다. 네덜란드는 화란양행을 내세우면 될 것이고요."

"수상께서는 두 나라가 우리와 협력할 것으로 생각하고 있군요."

"그렇습니다. 그리고 프랑스를 비롯한 다른 나라도 진출을 요청하면 모두 받아들여야 합니다."

"교류의 장이 될 수도 있겠네요."

"예, 그리고 상해도 이번 기회에 완전히 개방했으면 좋겠습니다."

"완전히 개방하자고요? 어떤 방식으로 하자는 말씀인지요? 혹시 조계지를 인정하자는 것은 아니겠지요?"

정약용이 고개를 저었다.

"물론입니다. 아무리 개방이 필요해도 주권까지 포기할 수는 없습니다. 그 대신 뉴올리언스 수준으로 개방했으면 합니다."

"최소한의 제재를 통해 누구나 자유롭게 활동하게 하자는 말이군요."

"그러하옵니다. 가능하다면 인도에도 거점을 확보하고 싶은데, 그건 영국이 반대할 것이어서 논외를 했습니다."

황제가 그 자리에서 승낙했다.

"좋습니다. 적극 추진해 보세요. 수상의 계획대로 된다면 본국의 국익에 더없이 도움이 될 것입니다."

"감사합니다. 최선을 다해 좋은 성과를 거두어 보겠습니다."

"상무사를 앞세우는 것이 좋을 것입니다. 지난 20여 년 동안 상무사 직원들이 남방에서 만나지 않은 유력자가 없는 것으로 알고 있습니다."

"내각에서도 그렇게 보고 있습니다."

황제가 질문했다.

"이번에도 오 백작을 앞세울 겁니까?"

정약용이 고개를 저었다.

"아닙니다. 그렇지 않아도 이 문제를 오 백작과 협의를 했었습니다. 그런데 이 문제는 자신보다 남방 지역 교역을 맡은 남방부장 임상옥(林尙沃)이 적임이라고 했사옵니다."

황제가 놀랐다.

"임상옥이 남방부장을 맡고 있다고요?"

황제의 반응에 정약용은 의아했다.

"폐하께서 임상옥 부장을 아시옵니까?"

황제는 급히 얼버무렸다.

"일을 잘한다는 말을 들은 적이 있네요."

"그러시군요. 그러면 임상옥 부장에게 임무를 맡겨도 되겠사옵니까?"

황제가 고개를 저었다.

"아닙니다. 지금 당장 결정을 내리는 것보다 그 사람을 먼저 만나 보는 게 좋겠네요."

"알겠습니다. 퇴궐하는 대로 상무사에 기별을 넣겠습니

다. 그리고 거점 확보는 우리가 주도하지만, 처음부터 영국과 네덜란드의 협조를 얻어 가면서 추진해 나가도록 하겠습니다."

"그렇게 하세요."

❋

다음 날.

임상옥이 입궐했다.

"상무사에서 남방 지역을 맡은 임가 상옥이 천하의 주인이신 폐하께 문후 여쭈옵니다."

임상옥이 모자를 벗고 정중히 허리를 굽혔다. 처음으로 황제를 알현하는 그는 바짝 긴장해 있었다.

그를 황제가 다독였다.

"너무 긴장하지 않아도 된다."

"황공하옵니다."

황제가 원탁에 앉았다.

"이리 와서 앉으라."

임상옥이 급히 허리를 굽혔다.

"아니옵니다. 소인은 이렇게 서 있는 것이 편하옵니다."

"어허! 그렇게 서 있으면 짐이 불편하다. 그러니 걱정하지 말고 이리 앉도록 하라."

황제가 재촉했으나 임상옥은 쉽게 원탁에 앉지를 못했다.

그러자 상선이 다가가 그를 인도해서 의자에 앉혔다.

"임상옥 부장."

"예, 폐하."

"짐은 임상옥 부장의 고향이 의주인 것으로 알고 있다. 고향이 북쪽인 사람이 왜 남방부장을 맡고 있는 것인가? 본래라면 청과 송을 전담해야 하는 거 아니야?"

임상옥은 크게 놀랐다.

황제가 자신의 고향을 알고 있을 줄은 꿈에도 몰랐다. 그러나 궁금하다고 해서 감히 황제에게 어떻게 알았느냐고 물을 수는 없었다.

"폐하의 말씀대로 소인의 고향은 의주입니다. 의주는 본래 청국과의 교역이 성했던 고장입니다. 그러나 상무사가 대외 교역을 전담하면서 의주의 상권은 크게 위축되었사옵니다. 그러다 북벌이 성공하면서 사행과 책문 교역을 전담하던 만상이 거의 문을 닫아야 할 처지까지 되었고요."

"북벌로 만상이 피해를 입었다는 말은 들었다."

"그랬사옵니다. 소인은 당시 만상의 행수를 지내고 있었습니다. 그러나 만상에 더 있을 수가 없던 차에 상무사로부터 연락이 왔었습니다. 그래서 만상 대방 어른의 허락을 받아 상무사로 옮기게 되었습니다. 상무사로 들어오니 오 대표께서 소인에게 처음에는 광주를 맡기셨다가 이내 남방 업무를 맡기셨습니다. 그 이후 지금까지 남방부장으로 재직하고 있는 중입니다."

"그렇구나. 어떻게, 일은 할 만한가?"

임상옥이 몸을 숙이며 대답했다.

"상행이란 어디서 무엇을 거래하든 상대의 마음을 얻어야 하는 일이라 배웠사옵니다. 그래서 늘 최선을 다해 상대의 마음을 얻고자 노력하고 있사옵니다. 다행히 소인의 노력이 헛되지 않아 남방 교역이 늘어나는 중이옵니다."

황제는 감탄했다.

"대단하구나. 오 백작도 비슷한 말을 했었다. 그런데 임상옥 부장은 그보다 한술 더 뜨는구나."

"과찬이십니다. 소인은 오로지 맡은 일에 충실하고 있을 뿐입니다."

황제가 잠깐 생각했다.

'임상옥은 의주 만상으로 인삼 교역으로 거부가 되었던 사람이다. 북경 상인들의 야합을 깨트리면서 수십 배의 이문을 남기기도 했다.'

임상옥은 그렇게 번 돈으로 빈민 구제에 힘써 군수와 부사까지 되었던 인물이다.

'그런 임상옥이 나로 인해 인생이 완전히 바뀌었구나. 다른 사람이라면 모르지만 이런 사람에게는 한 번의 기회를 더 주어도 되겠지?'

생각을 마친 황제가 질문했다.

"그런데 본인이 사업을 하고 싶다는 생각은 하지 않은 것이냐?"

임상옥이 아쉬운 표정을 지었다.

"만상이 다른 상단처럼 정부 시책에 발 빠르게 대처했더라면 기회가 있었을 것입니다. 그러나 그런 계획을 세우기도 전에 제가 상무사로 넘어올 수밖에 없었습니다."

"그만큼 만상이 어려웠다는 말이구나."

"그러했사옵니다."

"짐이 알기로 만상도 상무사의 기술을 이전받았던 것으로 아는데, 아닌가?"

"그렇게 된 것은 소인이 상무사로 넘어오고 난 후의 일입니다."

황제가 고개를 끄덕였다.

"아! 순서가 바뀌었구나. 임 부장이 넘어오고 난 후에 기술을 이전받아 갔어. 그러면 임 부장이 배려를 해 주었겠구나."

임상옥이 고개를 숙였다.

"황공하옵니다. 만상 대방 어른의 도움을 받았던 소인은 만상을 문 닫게 할 수는 없었습니다. 그래서 상무사가 전국 상단에 기술을 이전해 줄 때 대표님께 간청을 드려 혜택을 주었습니다. 덕분에 만상은 몇 개의 공장으로 늘려 가면서 조금씩 기력을 회복하는 중이옵니다."

"잘했어. 사람이라면 당연히 그렇게 하는 게 맞다. 그러면 지금도 독립하고 싶은 생각을 버리지는 않은 거야?"

임상옥이 순간 당황했다.

황제가 무슨 의도로 질문을 하는지 몰랐다. 그러나 마음에 품고 있는 꿈이 있었기에 아니라는 말을 하지 못했다.

"……."

황제가 임상옥의 마음을 꿰뚫었다.

"그런 마음을 버리지 않았나 보구나."

임상옥의 안색이 여러 번 바뀌었다.

그러던 그는 마음을 굳혔는지 몸을 바로 하고서 대답했다.

"기회가 된다면 그렇게 하고 싶사옵니다. 그러나 지금은 회사 업무에 충실해야 할 때여서 다른 생각은 하지 않고 있습니다."

"음…… 기회가 된다면 독립하고 싶다?"

"그러하옵니다."

"그러면 짐이 기회를 만들어 주면 해 보겠어?"

임상옥의 눈이 찢어질 듯 커졌다.

"폐, 폐하"

황제가 크게 웃었다.

"하하하! 짐이 그렇게 하면 안 돼?"

임상옥이 급히 몸을 숙였다.

"그건 아니옵니다."

"그런데 왜 이렇게 놀라는 거지?"

"너무도 황망해서 그렇사옵니다. 소인은 아직까지 폐하께 제대로 된 실적 하나 보여 드린 적이 없었사옵니다. 그런 소인에게 이런 하교를 하시니 몸 둘 바를 모르겠사옵니다."

황제가 그를 치켜세웠다.

"임 부장이 상재(商材)가 없었다면 오 백작이 남방부장으로 임명하지 않았겠지. 더구나 이번에 국가적으로 시행할 과업의 적임자로 추천하지도 않았을 것이고. 그것만 해도 능력은 이미 입증된 것이나 다름없다."

"하오나 그것은……."

황제가 손을 들었다.

"그만, 되었어. 지금 중요한 것은 임 부장의 의지야. 임 부장이 하지 않겠다고 하면 상무사의 부장으로서 맡은 일에 충실하면 돼. 그러나 이번을 기회로 독립을 하겠다면 짐은 확실하게 뒤를 밀어줄 거야. 어떻게 하겠어?"

임상옥은 정신이 없었다.

황궁에 들어와 황제를 알현하는 자체도 두려운 일이었다. 그런데 갑자기 황제가 지원해 주겠으니 독립하라는 제안을 한다.

갑작스러운 제안에 온몸이 떨려 올 정도로 경황이 없었다. 그러나 두려움에 잠식될 정도로 임상옥의 정신은 나약하지 않았다.

임상옥이 잠깐 눈을 감았다. 큰 결례지만 마음을 정리하기 위해서는 어쩔 수 없었다.

황제는 이런 임상옥의 담대한 태도에 작게 고개를 끄덕였다. 그러고는 그가 결정할 때까지 기다려 주었다.

그리고 얼마 후, 임상옥이 눈을 떴다. 황제는 그의 눈빛을 보는 순간 절로 고개가 끄덕여졌다.

임상옥이 입을 열었다.

"해보겠습니다. 폐하께서 밀어주신다면 소인, 목숨을 걸고 승부를 보겠사옵니다."

임상옥의 목소리는 너무도 차분했다.

잠깐 사이에 당황해하던 모습은 온데간데없어졌다. 그 대신 심유하면서도 단단한 눈빛과 냉철한 표정을 한 상인으로 돌아와 있었다.

황제가 확인했다.

"마음의 결정을 내린 것이야?"

"그렇사옵니다."

"인생이 걸린 일인데 이렇게 쉽게 결정해도 되는 거야?"

임상옥이 차분히 대답했다.

"폐하께서 소인에게 하유하셨사옵니다. 그리고 이런 기회는 평생에 다시없을 일이어서 바로 결정할 수 있었습니다."

"하하하! 놀랍구나. 신중한 성격인 줄 알았는데 의외로 이렇게 과감한 면도 있었구나."

"상인이 때를 놓치면 상인이 아니며 죽은 거나 다름없사옵니다. 그래서 늘 자신을 수양하면서 긴장을 풀지 않고 지내야 하옵니다."

"기회를 놓치지 않기 위해 평상시에 늘 갈고닦아야 한다는 말이구나?"

"그렇사옵니다. 사업이든 장사든 사람을 상대하는 일이옵니다. 그래서 상인은 언제 무슨 일이 닥칠지 모르기 때문에 잠도 편히 자면 안 된다고 배웠사옵니다."

황제가 기꺼워했다.

"참으로 대단하구나. 그대를 가르친 사람도 대단하지만, 그 가르침을 잊지 않고 실천하는 그대가 정말 대단하다."

"아니옵니다. 소인은 모든 면이 부족한 사람입니다. 그래서 늘 자신을 갈고닦지 않으면 남과 함께 설 수 없어서 그리하고 있는 것이옵니다."

"흐흠!"

황제가 주제를 바꿨다.

"이번에 맡을 임무는 알고 있겠지?"

"남방 지역에 거점을 확보하는 것으로 알고 있사옵니다."

"짐과 내각이 주목하고 있는 곳이 어디인지는 알고 있어?"

"말레이반도의 조호르 술탄이 다스리는 영토의 끝에 있는 섬으로 알고 있사옵니다."

"맞아. 그런데 임 부장은 조호르의 사정을 잘 알고 있겠지?"

"조호르는 지금 왕권을 두고 다투는 형제 때문에 극심한 혼란을 겪고 있사옵니다."

임상옥이 조호르에 대해 설명했다.

황제는 그의 설명을 들으며 크게 감탄했다.

"이건 마치 준비하고 있었던 것 같구나. 어떻게 임 부장이 조호르 사정을 이리도 자세히 알고 있는 거야?"

"소인도 남방을 왕래하면서 그 섬의 입지에 대해 큰 관심을 갖고 있었습니다. 그래서 기회가 되면 오 백작님께 진출을 적극적으로 건의드리려고 했었사옵니다."

"임 부장도 그런 생각을 갖고 있었구나."

"그렇사옵니다."

"그러면 조호르의 현재 술탄과는 사이가 어때?"

"지금의 압둘 술탄이나 밀려난 이복형도 잘 알고 있사옵니다."

"오! 그래?"

"예, 우리 상무사와 조호르는 오랫동안 교역을 해 왔습니다. 그렇기 때문에 우리 대한제국의 위상에 대해 조호르도 잘 알고 있사옵니다. 아마도 적당한 대가만 준다면 그 섬을 얻어 내는 일은 그리 어렵지 않을 것이옵니다."

황제가 넌지시 떠봤다.

"그러면 먼저 추진해 보지 그랬어?"

임상옥이 바로 고개를 저었다.

"독단으로 일을 추진하기는 어렵습니다."

"왜? 영국과 네덜란드 때문에?"

"그렇습니다. 영국은 본래 그 지역까지 진출해 있지 않았었습니다. 그러나 얼마 전 네덜란드령 동인도를 강제로 점령하면서 영향력을 급속히 확대해 나가고 있는 상황입니다. 반면에 네덜란드는 오래전부터 조호르에 큰 영향력을 끼쳐 왔었습니다. 수마트라섬에 있던 조호르의 영토도 네덜란드가 강제로 병합도 했고요."

"역시 두 나라와 논의하는 게 좋겠구나."

"그렇습니다. 지금으로선 네덜란드보다 영국과 손잡는 것이 더 유리합니다."

황제는 임상옥의 선견지명에 감탄했다.

"맞아. 짐도 그렇게 생각하고 있었다. 그리고 최선이 아니면 차선을 선택해도 좋아."

임상옥이 몸을 숙였다.

"송구하오나, 어떤 것이 차선이온지요?"

황제가 자신의 계획을 설명했다.

그러면서 임상옥과 많은 대화를 나누었다. 황제는 임상옥의, 나이보다 높은 경륜에 감탄했다.

대화가 끝나 갈 즈음이었다.

황제가 원탁에서 일어나서는 진열장에서 옻칠이 된 상자 하나를 가져왔다. 그러고는 상자를 임상옥에게 건넸다.

"이게 무엇이옵니까?"

"짐이 주는 선물이니 열어 보도록 해."

임상옥이 조심스럽게 상자를 열었다. 상자에는 유백색의 술잔과 받침이 들어 있었다.

"이것은 술잔이 아니옵니까?"

"맞아. 분원에서 만든 술잔이지."

황제가 상선을 불렀다.

"상선은 술을 가져오라."

"예, 폐하."

상선이 바로 나가 술을 가져왔다.

"임 부장은 술병을 들어 잔에 적당히 채우라."

"예, 폐하."

임상옥이 조심스럽게 술을 따랐다.

그러던 어느 순간 황제가 멈추게 했다.

"그만!"

임상옥이 공손히 술병을 내려놓았다.

황제가 그 술병을 들고는 설명했다.

"보는 대로 술잔에 술을 적당히 따르면 바로 들고 마실 수가 있다. 그런데 너무 많이 따르면 이런 현상이 발생한다."

말을 마친 황제가 술잔에 술을 따랐다. 처음에는 더 차오

르던 술은 어느 순간 그대로 쏟아졌다.

"아!"

"이 잔의 이름을 계영배(戒盈杯)라고 한다. 보는 대로 술이 잔의 일정 한도를 넘으면 아래로 새어 나가게 되어 있다."

황제가 몇 번 더 시범을 보였다.

"이 잔은 춘추전국시대 춘추오패 중 한 명인 제나라 환공(桓公)의 고사에서 유래되었다. 고대 중국의 주나라에는 과욕을 경계하고, 하늘에 정성을 드리던 의기(倚器)가 있었다고 한다. 그중 하나가 제 환공에게 전해졌는데, 그 그릇은 비었을 때는 약간 기울고 물이 7부 정도 차면 세워졌다. 그러다 물이 가득 차면 뒤집혔다고 한다. 과유불급을 경계하는 의미지. 제 환공이 늘 그 그릇을 곁에 두고 봤다고 해서 유좌지기(宥坐之器)라 불렀다."

황제가 술을 적당히 따라 마셨다.

"제 환공이 죽고 공자가 제자들과 묘당을 찾았다 그 그릇을 보게 되었다. 박식했던 공자도 그 그릇의 용도만은 알지 못했지. 그러다 담당 관리가 유래를 설명해 주자 공자가 무릎을 치며 탄성을 질렀다고 한다. 그러면서 좌우명(座右銘)이라는 말이 나오게 되었다고 한다."

"아!"

"이 계영배는 제 환공의 그릇에서 유래되었다. 과욕과 지나침을 경계하고 욕심이 화(禍)의 근원임은 잊지 않겠다는 의미로 말이다."

황제가 계영배를 가리켰다.

"임 부장이 가지고 가라. 사업을 추진하다 보면 결정을 해야 할 때가 무수히 많이 발생한다. 모든 것을 던져야 하는 건 곤일척의 승부를 봐야 할 때도 있을 것이다. 신의를 위해서라면 막대한 적자를 감수해야 할 때도 있을 것이다. 그런 결단의 순간마다 늘 피가 마르도록 고뇌해야 할 것이다. 그때 이 계영배의 의미를 되새기면서 마음을 다스리고 경계했으면 한다."

임상옥이 일어나 큰절을 했다. 그러고는 무릎을 꿇고서 진심을 담아 감사의 인사를 했다.

"황감하고 또 황감하옵니다. 소인이 앞으로 세상을 살아감에 있어서 오늘 해 주신 폐하의 하교를 언제라도 각골명심하겠사옵니다."

황제는 흐뭇한 표정을 지었다.

"짐은 그대가 반드시 성공할 것을 믿어 의심치 않는다. 그렇게 되면 우리는 또 하나의 거점을 만들게 될 것이고, 임 부장은 그 거점을 바탕으로 거대한 부를 축적할 수 있을 것이다."

임상옥의 몸이 더 숙여졌다.

"미천한 소인을 믿어 주셔서 황공하옵니다."

"아니다. 임 부장은 분명 잘해 나갈 것이다."

황제의 덕담은 몇 번이고 이어졌다. 그럴 때마다 임상옥은 더 몸을 숙이며 황송해했다.

두 사람을 바라보는 상선은 묘한 기분이 들었다.

나이는 임상옥이 열 살쯤 많다. 그런데 이날만큼은 황제가 훨씬 많아 보였는데, 이상하게도 그런 느낌이 너무도 자연스러워 보였다.

그렇게 또 하나의 인연이 시작되었다.

황제의 배려

　황궁을 나온 임상옥은 상무사로 갔다.

　요양 자금성의 좌우는 관청 거리다. 대한문과 승천문의 좌
우로 5층의 관청 건물이 늘어서 있었다.

　전면은 20여 동으로 총리관저를 비롯한 내각 부서들이 입
주해 있었다. 그 뒤로는 공사와 공공기관 등이 입주해 있는
건물이 수십여 동 있었다.

　공공기관은 도시 미관을 위해 5층으로 통일되게 건설되어
있었다. 반면에 후면은 훗날 신축이 용이하도록 상당한 여유
공간이 배정되어 있었다.

　상무사는 내각 부서가 아니어서 뒤편의 건물 중 하나에 입
주해 있었다.

임상옥이 상무사 3층으로 올라갔다.

똑똑!

"들어오세요."

대표실에는 오도원이 집무를 보고 있었다. 임상옥이 들어가자 그가 하던 일을 멈추고 일어났다.

"어서 오게! 생각보다 늦었어. 폐하와 대화를 많이 했나 보구나."

"예, 폐하께서 환대해 주셨으며, 앞으로의 일을 논의하느라 시간이 많이 걸렸습니다."

"그랬구나. 그런데 이건 무언가?"

"폐하께서 하사해 주신 계영배입니다."

"계영배?"

임상옥이 황제와 나누었던 대화를 알려 주었다.

그 말을 들은 오도원은 깜짝 놀라며 크게 반겼다.

"이야! 폐하께서 임 부장에게 그런 기회를 주시다니 아주 잘되었구나. 그러면서 이런 귀한 선물까지 주시다니 참으로 놀랍구나."

"소인은 아직도 얼떨떨합니다."

오도원이 임상옥의 어깨를 두드렸다.

"무엇이 얼떨떨해? 나는 폐하께서 임 부장의 능력을 알아보신 것이 고맙기만 한데."

임상옥도 동의했다.

"소인도 그렇기는 합니다. 그러나 임무도 막중한데 독립까지 하게 되어서 두 가지를 제대로 잘 해낼지 걱정입니다."

오도원이 호탕하게 웃었다.

"하하하! 나는 임 부장의 능력이 어느 정도인지 누구보다 잘 알아. 폐하께서도 사람 보는 눈이 누구보다 뛰어나신 분이고. 그러니 약한 소리 하지 말고 열심히 해 봐. 내가 알기로 폐하께서 직접 창업을 권한 사람은 임 부장이 처음이야. 그러니 그런 폐하의 황은에 보답하기 위해서라도 마음 단단히 먹도록 해."

임상옥이 눈을 빛냈다.

"그래야겠습니다."

"그건 그렇고, 회사에서는 몇 사람을 데리고 갈 생각이야?"

임상옥이 조심스러운 표정을 지었다.

"그래도 되겠습니까?"

"하하하! 이 사람아. 우리 회사는 폐하께서 창업하신 회사야. 그러니 아무 걱정 말고 사람을 인선해 봐. 그렇다고 업무에 차질을 빚을 정도로 너무 많은 사람을 빼 가지는 말고."

임상옥이 손을 내저었다.

"아무리 백작님께서 배려해 주었다고 해도 그럴 수는 없지요. 필요한 몇 사람만 데리고 나가겠습니다."

"몇 사람 갖고 되겠어? 기왕이면 10여 명 추려서 나가도록 해."

임상옥이 고개를 저었다.

"아닙니다. 이런 기회를 얻은 것만 해도 소인에게는 너무도 황송한 일입니다. 그리고 10여 명이 빠져나가면 회사 업무에 차질을 빚게 됩니다. 인원이 필요하면 따로 충원을 하겠습니다."

"알아서 해."

임상옥이 일어났다.

"그럼, 오늘은 조금 일찍 돌아가 보겠습니다."

"그러지 말고 오늘 자로 사직 처리를 해. 그러고서 홀가분하게 창업 준비를 하는 게 좋을 거야."

"그러면 회사 업무에 차질이 발생합니다."

"아이고! 그 점은 염려 마세요. 나도 있고 아랫사람들도 있잖아. 그리고 폐하께서 권장한 일이니만큼 여기에서 창업을 준비한다고 해도 아무 문제도 없어."

임상옥도 사양하지 않았다.

"그렇게 하겠습니다."

오도원의 적극적인 도움으로 회사 설립은 빠르게 진행되었다. 임상옥은 회사 이름을 자신의 호를 따 '가포무역회사'로 정했다.

회사를 설립한 임상옥이 가장 먼저 한 것은 수송선단 확보였다. 상무사는 임상옥을 위해 특별히 2척의 선박을 저가로 임대해 주었다.

임상옥은 교역 물품을 최대한 선적했다.

교역 준비를 마친 임상옥이 영구 항을 출발한 것은 6월 초순이었다. 영구를 출발한 임상옥은 상해를 거쳐 보름 만에 조호르에 도착했다.

　임상옥은 남방을 담당하면서 조호르를 자주 찾았었다. 그런 임상옥이 말레이 통역관과 함께 왕궁으로 술탄을 방문했다.

　"오랜만에 뵙습니다. 대한제국의 임상옥이 조호르의 술탄이신 압둘 라만 무아잠 샤(Abdul Rahman Muazzam Shah) 전하를 뵙습니다."

　젊은 술탄은 임상옥을 환대했다.

　"어서 오세요. 꽤 오랜만에 찾았소이다."

　"회사 내부에 문제가 조금 있었사옵니다."

　임상옥이 가져간 예물을 바쳤다. 압둘 술탄이 흡족한 미소를 지으며 고마워했다.

　"번번이 좋은 물건을 선물해서 고맙소."

　"술탄께서 언제나 흔쾌히 거래를 승인해 주신 것에 대한 약소한 인사입니다."

　"이번에도 많은 물건을 가져왔겠소."

　"그렇습니다."

　"부디 좋은 성과가 있기를 바라겠소이다."

　"감사합니다. 그보다 전하께 여쭙고 싶은 것이 있사옵니다."

　"말씀해 보시오."

　"조호르바루로 오기 위해서는 좁은 해역을 지나야 합니다.

그런 해협의 맞은편의 섬에는 사람이 거의 살지 않던데요?"

"싱아푸라(Singapura)섬을 말하는 것이오?"

임상옥은 순간 황제가 싱가포르라는 단어를 거론한 기억을 떠올렸다.

"아! 앞섬의 이름이 싱아푸라군요."

"그렇소이다."

"그렇군요. 그 섬을 거의 버려두고 계시던데, 이유가 있으신지요?"

압둘 술탄이 한숨을 내쉬었다.

"후! 모두가 서양 제국들 때문이지요."

임상옥도 짐작하던 내용이었다.

"역시 그게 문제였군요."

"네덜란드는 과거 포르투갈로부터 우리 영토의 상당 부분을 되찾아 주었지요. 그 대가로 말라카는 그들이 차지했고요. 그리고 영국도 20여 년 전 말라카 해협 입구의 피낭을 조차해 갔지요. 그 두 나라가 해협 일대를 장악하고 있는 한, 우리가 새로운 항구를 개발하기란 어려운 일입니다."

"현실적인 문제로군요."

압둘 술탄이 씁쓸해했다.

"그렇지요. 그래서 요충지인 섬을 버려두고 있는 겁니다."

"그렇군요. 말씀대로라면 앞으로도 섬을 개발하는 일은 쉽지 않겠습니다."

"그렇다고 봐야지요."

임상옥이 조심스럽게 제안했다.

"전하, 그 섬을 우리에게 넘겨주시지요. 전하께서 그 섬의 권리를 넘겨주신다면 우리가 적극 나서서 개발해 보겠습니다. 그러면 조호르도 편리하지 않겠습니까?"

술탄의 눈이 커졌다.

"섬을 귀국에 넘겨 달라고요?"

"예, 그렇습니다. 무상이 아니라 적절한 대가를 지급할 용의가 있습니다."

의외의 제안에 압둘 술탄이 침음했다.

"흐음!"

임상옥이 상황을 설명했다.

"이번에 저는 황제 폐하의 후원을 받아 무역 회사를 새롭게 설립했습니다."

압둘 술탄이 깜짝 놀랐다.

"새로운 회사를, 그것도 귀국 황제 폐하의 후원을 받아서 설립했다고요?"

"그렇습니다. 우리 폐하께서는 저를 후원하시면서, 방금 거론한 그 섬을 거점으로 육성해 보라는 지시도 내리셨습니다."

술탄의 눈이 더 커졌다.

"그게 정말이오?"

임상옥이 웃었다.

"하하하! 제가 무엇 때문에 전하께 거짓을 고하겠습니까? 이는 분명한 사실이니 조금도 의심하지 않으셔도 됩니다."

"그렇기는 하지만……."

"전하, 우리 대한은 귀국이 상국으로 모셨던 명을 멸망시킨 청나라를 굴복시킨 나라입니다. 유럽의 프랑스와 영국 등과도 대등한 협상으로 막대한 영토를 얻기도 했고요. 그럼에도 우리는 귀국과 교역하면서 한 번도 무력을 사용한 적이 없습니다. 이게 무엇을 의미하겠습니까?"

압둘 술탄의 표정이 심각해졌다.

"……."

"우리 대한은 지금까지 한 번도 남방 국가를 무력으로 강제한 적이 없다는 말씀입니다. 그 결과 남방의 모든 나라와 우호 협력 관계를 유지해 오고 있는 것이 현실이고요."

압둘 술탄도 인정했다.

"그건 나도 알고 있는 사실이오."

"그리고 네덜란드동인도회사 출신들이 만든 화란양행과 업무 협의를 통해 많은 일을 해 왔습니다. 이런 우리가 싱아푸라 섬을 개발한다면 어렵지 않게 남방 최고의 항구로 육성할 수 있습니다."

"충분히 가능한 말씀입니다. 그러나 싱아푸라는 조호르의 방벽과 같은 섬이어서, 타국에 넘겨준다는 생각을 한 번도 한 적이 없네요."

압둘 술탄이 쉽게 결정을 못 했다.

그러자 임상옥이 의외의 제안을 했다.

"전하! 그러면 바다 건너에 있는 리아우제도의 일부를 넘겨주시는 건 어떻습니까?"

압둘 술탄의 눈이 커졌다.

"리아우제도를요?"

"그렇습니다. 싱아푸라가 어려우면 리아우제도의 바탐과 빈탐섬만이라도 넘겨주시지요. 전하께서 용단을 내려 주시면 충분히 사례를 하겠습니다."

"빈탐에는 탄중피낭이 있소이다. 탄중피낭은 과거 네덜란드가 바타비아의 임시 수도로 사용하던 곳인데, 그 문제는 어떻게 해결하시겠소?"

"그 부분은 저희가 알아서 해결하겠습니다."

임상옥이 이런 제안을 한 것은 황제의 조언을 받았기 때문이다.

황제는 꼭 싱가포르가 아니어도 거점 확보만 된다고 생각했다. 그래서 차선을 알려 주었다.

두 섬은 싱가포르의 맞은편에 있어서 지정학적 중요도는 거의 비슷했다. 반면에 크기는 싱가포르보다 몇 배나 넓었으며, 주변에 크고 작은 섬들이 많아 개발할 여지가 훨씬 많았다.

술탄의 생각이 깊어졌다.

임상옥의 목소리가 은근해졌다.

"전하! 우리 대한의 군사력은 최강이라고 해도 과언이 아닙니다. 육군도 대단하지만, 수군도 몇 개의 함대를 거느릴 정도로 막강하지요. 만일 전하께서 용단을 내려 주시면 우리 대한은 이 지역에 수군함대를 배치할 것입니다. 그렇게 되면 이 일대에서 암약하는 해적들이 어떻게 되겠습니까?"

말라카 해협은 오래전부터 해적들의 온상으로 악명이 높았다.

그런 해적들은 강력한 무장을 갖춘 유럽과 대한제국 상선은 건드리지 않았다. 그 대신 무장이 빈약한 남방 선박을 골라서 약탈을 해 왔다. 그런 해적들 때문에 조호르도 많은 피해를 입고 있었다.

압둘 술탄이 크게 놀랐다.

"귀국의 함대를 배치한다고요?"

"그렇습니다. 이 주변은 예전부터 해적들로 골머리를 앓아 왔습니다. 그런 해적들은 남방 선박들을 표적으로 삼고 있어서 조호르도 큰 피해를 봤을 것입니다. 만일 전하께서 저의 요구를 수용해 준다면 조호르의 상선도 본국 선박과 같이 최우선으로 보호해 주겠습니다."

조호르는 예전부터 상업이 발달했다.

그런 조호르가 가장 골머리를 앓아 왔던 것이 해적이었다. 그런 해적의 위협에서 벗어나게 해 준다는 말에 압둘 술탄은 큰 관심을 보였다.

"정녕 그렇게 해 줄 수 있소?"

"물론입니다. 그전에 주변의 해적들을 먼저 섬멸해 숫자부터 줄여 놓겠습니다."

"알겠소. 지금 당장 결정을 내리지는 못하지만 심사숙고해 보겠소."

"부디 현명한 결정을 내려 주시기를 바랍니다."

임상옥이 왕궁을 나와 배로 돌아갔다.

이날 저녁 술탄의 이복형인 후세인(Hussein)이 찾아왔다.

"어서 오십시오, 왕자님. 여긴 어쩐 일입니까?"

"임 부장께 긴히 드릴 말이 있어서요."

임상옥이 고개를 갸웃했다.

조호르를 드나드는 몇 년 동안 후세인 왕자하고는 인사 정도만 하는 사이였다. 그러나 술탄에게 한 제안이 있었기에 미소를 지으며 상대했다.

"하실 말씀이 무엇인지요."

"술탄에게 섬을 양도해 달라는 제안을 하셨다고요?"

"그렇습니다만."

"저를 도와주십시오. 그러면 임 부장이 원하는 어디라도 양도를 해 드리겠습니다."

임상옥은 순간 짐작되는 일이 있었다.

그래서 냉정한 표정으로 고개를 저었다.

"죄송하지만 왕자님의 제안을 받아들일 수가 없습니다. 우리 대한은 타국 내정에 간섭하지 않는 것이 국가 방침입니다."

후세인이 간절하게 요청했다.

"저도 모르는 바가 아닙니다. 그러나 형인 제가 있음에도 불구하고 선친의 측근 몇 명이 옹립한 동생을 술탄으로 인정할 수는 없는 일입니다. 그러니 상국의 입장에서라도 이 일을 처리해 주셨으면 합니다."

"우리 대한이 상국이라고요?"

"우리 조호르의 전신이 말라카입니다. 말라카는 본래 명나라를 상국으로 모셨지요. 그래서 포르투갈이 침략해 나라를 강탈했을 때도 명나라가 병력을 보내 도와주기도 했습니다. 그런 명의 뒤를 청나라가 이었고, 그 청을 다시 대한이 이었지 않습니까?"

임상옥이 고개를 저었다.

"이치적으로는 맞는 말입니다. 그러나 귀국은 청나라에는 조공을 바치지 않았지 않습니까?"

"그건 네덜란드가 반대했기 때문입니다. 그렇지 않았다면 당연히 청국에 신속했을 것입니다."

임상옥이 단호하게 잘랐다.

"왕자님의 사정을 충분히 이해는 합니다. 그러나 우리가 귀국의 내정에 간섭할 수는 없습니다."

후세인이 아쉬워했다.

"아! 방법이 없겠습니까?"

"미안합니다. 지금 같은 미묘한 시기에 제가 국익에 반하는 일을 할 수는 없습니다."

후세인이 거듭 아쉬워했다. 그러나 임상옥의 마음이 요지부동인 것을 확인하고는 다른 부탁을 했다.

"그러면 개입하지 않겠다는 점만이라도 분명하게 약속해 주십시오. 그렇게만 해 주어도 제가 임 부장을 적극 도와드리겠습니다."

임상옥이 즉각 동의했다.

"그 부분은 조금도 걱정하지 마십시오. 왕자님께서 필요하시다면 문서로 남겨 드리겠습니다."

"아닙니다. 임 부장님은 지금까지 단 한 번도 약속을 어긴 적이 없다는 말을 들었습니다. 그런 분의 말씀이라면 그게 곧 법이지요."

"믿어 주셔서 감사합니다."

"그러면 어느 섬을 어떤 식으로 얻기를 원합니까?"

"본래는 싱아푸라를 요청했었습니다. 그런데 섬의 위치가 조호르와 너무 가까워 술탄이 난색을 보이더군요. 그래서 맞은편의 바탐과 빈탐, 두 섬을 요청했습니다."

"두 섬은 리아우제도 전부라고 할 수 있습니다."

"그 제도를 전부 넘겨주어도 됩니다. 술탄께도 말씀드렸지만, 섬을 넘겨주면 우리 수군함대가 주둔하게 됩니다. 그리되면 해적 퇴치에 적극 나서게 될 것은 물론이고, 조호르

국적 선박의 안전 항해에도 큰 도움이 될 것입니다."

"으음!"

"역시 왕자님께서도 쉽게 결정을 내리지 못하시는군요."

후세인이 당황해했다.

"미안합니다. 한 개의 섬이라면 간단한데, 제도 전체를 넘겨주는 건 쉽게 결정하기 어렵네요."

"그러시겠지요."

잠시 고심하던 후세인이 질문했다.

"섬에 사는 원주민들은 어떻게 하실 건지요?"

"그들이 원하는 대로 해 줄 겁니다. 남는다면 받아들일 것이고, 떠나겠다면 이주비를 지원해 줄 것입니다."

"알겠습니다. 돌아가서 측근들과 상의한 뒤 다시 찾아뵙겠습니다."

"그렇게 하시지요."

후세인이 돌아간 다음 날.

술탄이 사람을 보내 임상옥이 다시 왕궁을 찾았다. 그런데 전날과 달리 압둘 술탄의 안색이 별로 좋지 않았다.

임상옥은 대번에 상황을 파악했다. 그래서 더 부드러운 표정으로 이슬람식의 인사를 했다.

"술탄께서 갑자기 저를 찾아서 놀랐습니다. 혹시 제가 한 제안에 대한 결정을 하신 것인지요."

"험! 그 문제는 좀 더 숙의가 필요하오."

"그러시면 무슨 일로?"

"어제 후세인 왕자가 임 부장을 찾아갔다는 말을 들었소이다."

"아! 제가 후세인 왕자와 무슨 말을 나눴는지 궁금하셨던 것이군요."

"그렇소이다."

"음……."

임상옥이 일부러 말을 끌었다.

압둘 술탄의 안색이 대번에 초조해졌다. 잠시 고심하는 척하던 임상옥이 입을 열었다.

"본래 저는 남에게 들은 말을 옮기는 것을 가장 싫어합니다. 후세인 왕자님과의 대화를 퍼트리는 것은 더더욱 예의가 아니고요. 그러나 술탄께서 요청하시니 말씀드리지 않을 수 없군요."

압둘 술탄이 사과했다.

"미안합니다. 우리의 내부 사정 때문에 확인을 안 할 수가 없네요."

"괜찮습니다."

임상옥은 후세인 왕자와의 대담을 숨기지 않고 설명했다. 그가 이렇게 모든 내용을 말한 것은 조호르의 내분이 거점 확보에 도움이 된다는 판단에서였다.

압둘 술탄이 씁쓸해했다.

"역시 후세인이 그런 제안을 했군요."

"예상을 했다는 말로 들립니다."

"예, 후세인은 내가 즉위하게 된 것에 큰 불만을 품고 있습니다. 그래서 기회가 되면 나를 끌어 내리려고 온갖 모략을 꾸미고 있고요."

"술탄께서는 전임 술탄께서 지목하신 진정한 후계자십니다. 그런 술탄을 음해하는 건 역모가 아닙니까?"

임상옥은 원칙대로 질문했다.

이 말에 압둘 술탄이 길게 한숨을 내쉬었다.

"후! 그게 여의치 않습니다…… 솔직히 말씀드리면 후세인을 지지하는 세력이 저보다 많은 상황입니다. 그리고 대놓고 반발하지는 않고 있어서 손쓰기도 어렵고요."

임상옥이 묘한 발언을 했다.

"이런 생각은 해 보지 않으셨는지요? 우리가 조호르에 거점을 만들면 술탄께 큰 도움이 될 거라는 사실을요."

압둘 술탄은 처음 무슨 말인지 이해를 못 했다.

그러나 이내 속뜻을 알아채고는 눈을 크게 떴다.

다음 권으로 이어집니다

개혁군주

One for all
원포올

일라잇 스포츠 장편소설

**작렬하는 슛, 대지를 가르는 패스
한계를 모르는 도전이 시작된다!**

축구 선수의 꿈을 품은 이강연
냉혹한 현실에 부딪혀 방황하던 중
운명과도 같은 소리가 귓가에 들어오는데……

당신의 재능을 발굴하겠습니다!
세계로 뻗어 나갈 최고의 축구 선수를 키우는
'One For All' 프로젝트에, 지금 바로 참가하세요!

단 한 번의 기회를 잡기 위해
피지컬 만렙, 넘치는 재능을 가진 경쟁자들과
최고의 자리를 두고 한판 승부를 벌인다!

실력만이 모든 것을 증명하는
거친 그라운드에서 당당히 살아남아라!

기갑천마

거짓이슬 퓨전 판타지 장편소설

종말을 막지 못한 절대자
복수의 기회를 얻다!

무림을 침략한 마수와의 운명을 건 쟁투
그 마지막 싸움에서 눈감은 무림의 천하제일인, 천휘
종말을 앞둔 중원이 아닌 새로운 세상에서 눈을 뜨는데……

"천휘든 단테든, 본좌는 본좌이니라."

이제는 백월신교의 마지막 교주가 아닌 평민 훈련병, 단테
그럼에도 오로지 마수의 숨통을 끊기 위해
절대자의 일 보를 다시금 내딛다!

에이스 기갑 파일럿 단테
마도 공학의 결정체, 나이트 프레임에 올라
마수들을 처단하고 세상을 구원하라!